くらまし屋稼業

今村翔吾

時代小説文庫

JN225602

角川春樹事務所

序章

「また神隠しだ！　一家が一晩で姿を消したぞ！」

読売売りが叫びながら往来を走る。蟻《あり》が蜜に集まるが如《ごと》く人が吸い寄せられ、すぐさま人だかりが出来た。

「またかい？　今度はどこだ？」

仕事に向かう大工が真っ先に訊《き》く。

「読売を買って下さいな。一枚四文だ」

「ちゃっかりしてやがる。ほらよ」

「どうも、ありがとうごぜえやす」

大工は懐《ふところ》から財布を取り出して四文支払い、読売を受け取った。

「なになに……消えたのは日本橋《にほんばし》の薬問屋『瀬見屋《せみや》』か……」

横にいた商家の女将《おかみ》が首を伸ばす。

「瀬見屋だって⁉　知っているよ」

「どんな具合だ」

すかさずこれに棒手振《ぼてふ》りの若い男が合いの手を入れた。

「大店《おおだな》って訳じゃあないが、暮らしに困るってことはないはずだよ」

「じゃあ、やっぱり神隠しか。どうなんだい、読売売りよ」

これは大工、読売を読むのも面倒といった様子で迫る。

「皆さん買ってくれなきゃ、こっちも商売上がったりだ」

「けち臭いこと言うんじゃないよ」

渋る読売売りに、女将が捲《まく》し立てた。人だかりはより大きくなってきている。ここで興味を誘うのは売上に繋《つな》がると見たか、読売売りは仕方ないといった素振りで話し出す。

「瀬見屋は主人と女将、十歳の息子、八歳の娘の四人さ。確かに一昨日の夜にはいたらしい。見た者がいる」

「ほう。それで」

新たに口を挟むは、武家のご隠居である。

「ところが昨日の朝、通いの奉公人が来た時には、蛻《もぬけ》の殻《から》だったそうだ」

「押し込みじゃあねえのか？」

棒手振りが疑問を呈《てい》した。

「いいや。それはない。家財、売り物は一切そのままだったのさ」

「じゃあ、夜逃げで決まりだ」

大工はつまらなさそうに結論付けた。

「確かに、あっしが調べた筋《すじ》じゃ、借金があった」

「そうなのかい？　ならなおさら……」

先ほど暮らしに困ることはないと見立てた女将、少々先走ったかと苦笑する。

「それがだ。ここのところ盗みが多かっただろう？　瀬見屋のすぐそばには自身番《じしんばん》があって夜通し人が詰めていた」

江戸の町々には小さな自身番屋が建てられ、怪しい者がいないかと見張っている。夜には閉める自身番屋も多いが、ここのところ日本橋界隈《かいわい》で盗みが多発していることから、昼夜交代で町役人《ちょうやくにん》が詰めている。

「その自身番は何て？」

大工は興味を取り戻したか、食い気味に尋ねる。

「誰一人、瀬見屋から出ていく姿を見た者はいねえのさ」

「そんなことか。勝手口から出たのだろうよ」

得意顔でご隠居が推理を披露《ひろう》する。

「ご隠居、それはございやせん。瀬見屋は勝手口から出ても、必ず往来に出るようになっているんでさ」

「それでは……」

「まさに神隠し。今年に入ってこの手の事件は三件目だ」

「怖いねえ……物の怪《け》の類《たぐい》かね」

女将は我が身を抱くような素振りを見せた。読売売りはゆっくりと首を横に振る。

「あっしはね。物の怪の類じゃないと踏んでいるんですよ」

「もしかして例のあれかい？」

棒手振りは町々を歩くことから、人より噂《うわさ》を耳にするらしい。

「察しがいいね。この江戸には大金さえ払えば、神隠しのように姿を消してくれるって奴がいるらしいのさ。何でも三十絡みの武家の男らしい」

ここで棒手振りが首を捻《ひね》った。

「男？　俺はすらりと背の高い女って聞いたぜ」

「色白の役者のような美男子だって話さ。稲荷《いなり》様の化身《けしん》って皆言っているよ」

女将は自信満々に言い切る。読売売りは再び話し始めた。

「正体は解らねえが、不忍池《しのばずのいけ》の畔《ほとり》にある地蔵の裏に、名と所を紙に書いて置いておけば、どこからともなく現れるって話さ」

これに反論したのはご隠居である。

「その話なら儂も耳に挟んだことがある。不忍池ではなく、日本橋柳町《やなぎちょう》の近く、弾正橋《だんじょう》の欄干《らんかん》の裏に文を貼り付けておくらしいぞ」

「違うよ。廓《くるわ》の九郎助《くろすけ》稲荷の中に置いておくのさ。だからやっぱり稲荷様の化身だよ」

女将はまたしても断言し、他も口々に噂を言い合う。しかしそのどれもが嚙《か》み合わない。

「ともかく、この読売に詳しく書いてある。一枚四文だ」

読売りがそう言うと、皆が銭を取り出し挙《こぞ》って買い求めた。どうやら聞いたことがなかったらしく、「あれ」の話になってから口を噤《つぐ》んでいた大工だったが、身を乗り出して訊いた。

「そいつに名はないのか？」

「おや、知らなかったのかい。そこに書いてあるよ」

読売りは女将から銭を受け取りつつ答えた。

「どこだ」

紙面を目で辿《たど》る大工に向け、読売売りはそっと囁《ささや》くように言った。

「皆はそいつをこう呼んでいるのさ……」

くらまし屋稼業

主な登場人物

堤平九郎　飴細工屋。浅草などに露店を出している。

茂吉　日本橋堀江町にある居酒屋「波積屋」の主人

七瀬　「波積屋」で働く二十歳の女性。

赤也　「波積屋」の常連客。美男子。

丑蔵　浅草界隈を牛耳っている香具師の元締め。

万次・喜八　丑蔵の信頼の篤い子分。集金も任されている。

禄兵衛　香具師の大親分。高輪の上津屋が本拠。

目次

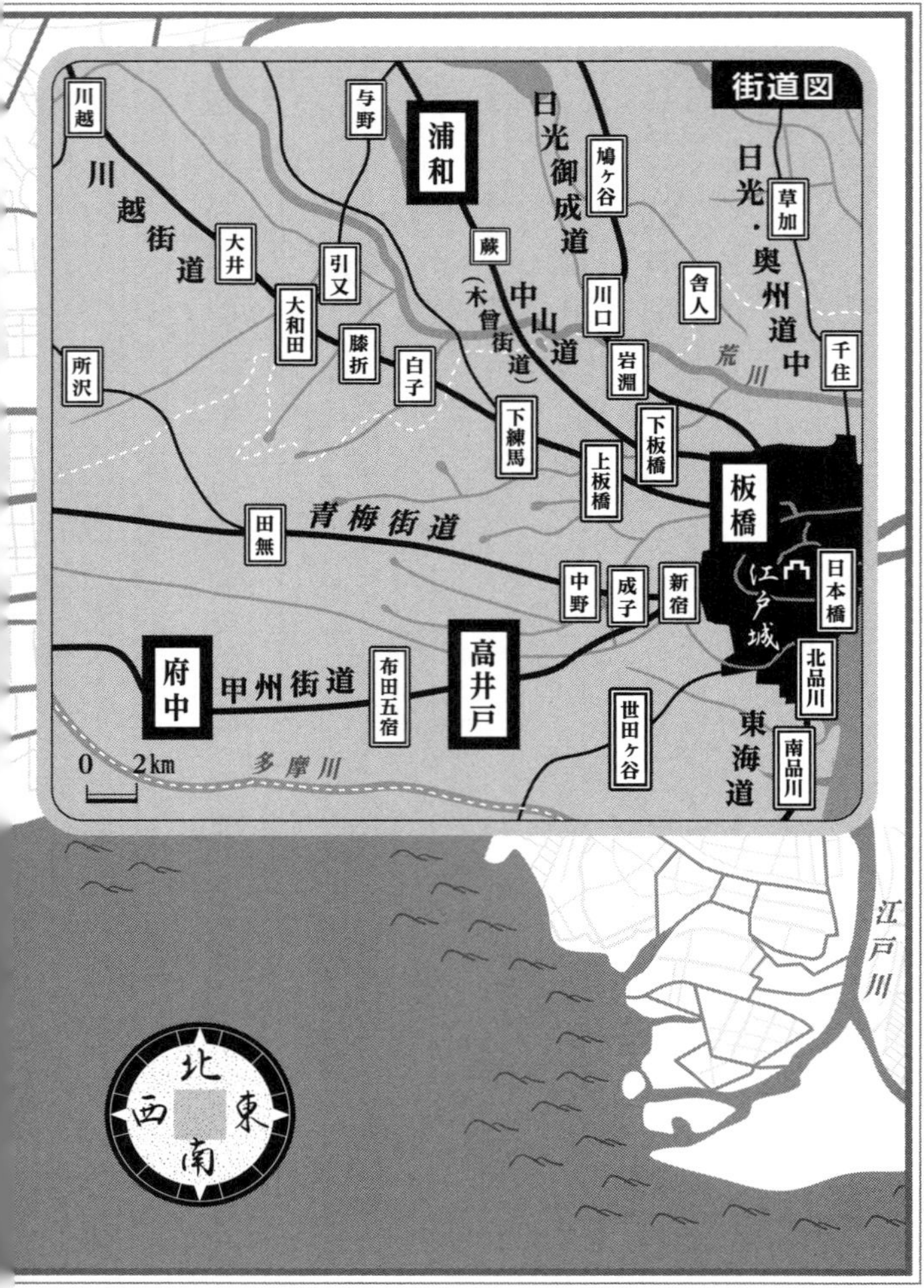

街道図
川越
与野
浦和
日光御成道
鳩ヶ谷
日光・奥州道中
草加
川越街道
大井
引又
蕨
中山道
（木曾街道）
川口
舎人
大和田
膝折
白子
岩淵
荒川
千住
所沢
下練馬
下板橋
上板橋
板橋
田無
青梅街道
中野
成子
新宿
江戸城
日本橋
府中
甲州街道
布田五宿
高井戸
北品川
世田ヶ谷
東海道
南品川
0
2km
多摩川
江戸川
北
西
東
南

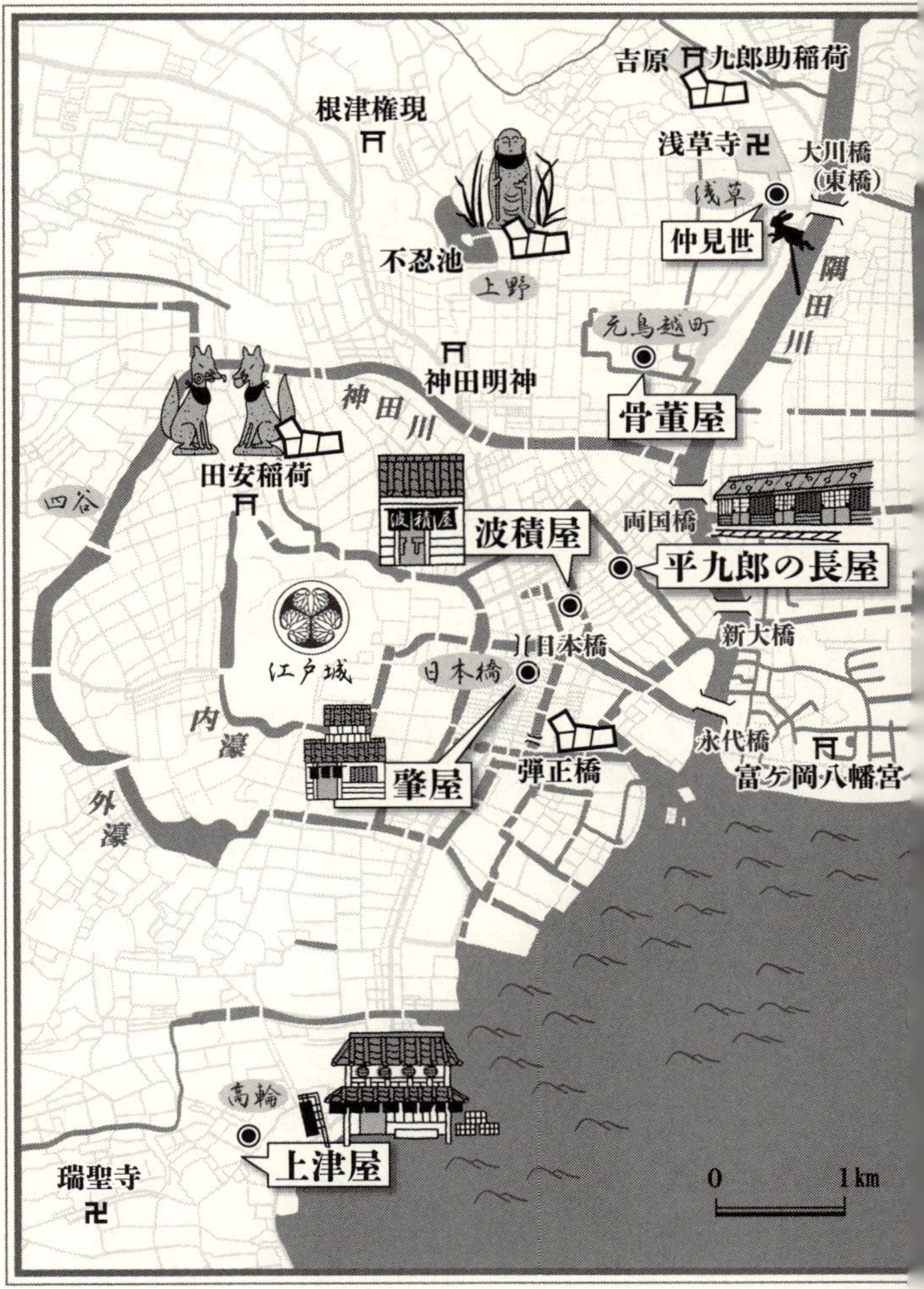

地図製作／コンポーズ　山﨑かおる

くらまし屋七箇条

一、依頼は必ず面通しの上、嘘《うそ》は一切申さぬこと。
二、こちらが示す金を全て先に納めしこと。
三、勾引《かどわ》かしの類《たぐい》でなく、当人が消ゆることを願っていること。
四、決して他言せぬこと。
五、依頼の後、そちらから会おうとせぬこと。
六、我に害をなさぬこと。
七、捨てた一生を取り戻そうとせぬこと。

七箇条の約定《やくじょう》を守るならば、今の暮らしからくらまし候《そうろう》。
約定破られし時は、人の溢《あふ》れるこの浮世から、必ずやくらまし候。

第一章　足抜け

一

風の中の冬の香りが和らぎ、季節は春に移ろいつつある。春の先陣ともいうべき梅の花は大いに咲き誇っていた。桜はというと、ようやく小さく芽吹いたばかり。まだ早いと残寒が去るのを耐え忍んでいるようであった。

浅草寺《せんそうじ》の仲見世は今日も賑《にぎ》わっており、あちこちから笑い声が絶えない。特段何も無い日でもこうなのだから、月の縁日ともなると芋《いも》を洗うような賑わいとなる。娘と連れ立って歩く武家の妻女、小綺麗な恰好の商家の隠居、黄色い声を掛け合いながら走り回る子どもたち、きょろきょろと視線の定まらない旅人。ここに来ると不思議とどの者も幸せそうに見えた。厳しい冬から解き放たれつつあるというのも理由の一つであろう。

堤平九郎《つつみへいくろう》は雷門《かみなりもん》から程ないところに露店を出していた。他の露店には幾らか客が来ているが、平九郎はというと今日は未だ一人も捕まえられてはいない。

先ほど、これも同じ露天商の知人に会い、子ども用の風車を売りつけられた。あまりに暇を持て余し、先刻よりずっとそれに息を吹きかけていた。

からからと小気味よい音を奏《かな》で風車は回る。平九郎は赤と白の羽が宙に描く桃色の円を眺めながら、軽く微笑《ほほえ》んだ。

「売りに来ていて、買っていては世話ねえな」

幕府が浅草寺境内《けいだい》の掃除の賦役《ふえき》を課せられていた近隣の者に、境内や参道上に店を出す許可を与えたことが、仲見世の始まりである。

伝法院《でんぽういん》から仁王門《におうもん》寄りには二十数軒もの水茶屋が建ち並び、これらは「役店《やくだな》」と呼称される。この辺りでは最も格の高い店になる。

次いで雷門寄りは「平店《ひらだな》」と称され、多種多様な土産物《みやげ》、子ども向けの玩具や菓子などを扱う店が多かった。

この平店に幾許《いくばく》かの金を納め、「出店」の形で露店を商う者も多い。これらの多くは毎日商いをしている訳ではなく、特に人の多い縁日などに群がり出てくる。平九郎もまた、その出店を行う一人であった。

風車を茫《ぼう》と見ていた平九郎に、小さな客が声を掛けてきた。

「おじさん、一つ頂戴《ちょうだい》」

齢《よわい》八、九の男の子である。もっとも平九郎の客の大半はこの年頃の小さな者たちであった。

「何がいい？」

「うーん……迷うなあ……」

子どもは眉《まゆ》を八の字にしながら首を捻る。

「ゆっくり考えな」

手慰みに風車を指で回しながら、視線を右に左に行き来させる男の子を待った。

「寅《とら》……いや、やっぱり辰《たつ》！」

「男の子はそうだろうなあ。一番人気さ」

平九郎は飴《あめ》細工屋である。車の付いた桐箱の中に、炭を使った小さな炉があり、そこに鍋を掛けている。その鍋の中には家で仕込んで来た水飴が入っているのだ。それを客の前で細工して完成させるのである。見本に並べてあるのは十二支を模した飴であり、これが最も基本にして人気が高い。

棒の先に飴を団子状に付けると、ここからは時間との勝負である。飴は刻一刻と固まるため、迅速かつ繊細な動きが求められる。

男の子の注文である辰は、十二支の中でも工程が多く細工が難しい。初めは卯、次に酉《とり》といったように練習し、最後に習得するものである。

大抵の者が最初のうちは、最も簡単な卯でも耳を折ってしまうなどの失敗を繰り返す。しかし平九郎はこれに苦労はしなかった。ある特技のおかげで初めから精巧に作ることが出来たのである。

「ほら、出来たぞ」

目を輝かせている男の子に、出来上がった飴をそっと差し出した。

「凄《すご》い」

「五文頂けるかい?」

「うん」

小さな財布から取り出した五文を受け取ったところで、男の子の顔が急に曇《くも》った。

「どうした?」

「ううん」

男の子は頭《かぶり》を振って立ち去ろうとする。

「言うがいいさ」

平九郎は引き留めると、膝《ひざ》を折って顔を覗《のぞ》き込んだ。

「卯にすればよかったなって……」

申し訳なさげに男の子は言った。

「気に入らなかったか？」

「違うよ。妹の好きな十二支にしてやればよかったって、今思い出したんだ……」

「そういうことか」

平九郎はすっと背を伸ばして頬《ほお》を緩《ゆる》めた。

「待ちな。卯も作ってやるよ」

「でも……もう小遣いはそれで最後だから」

「いいから、いいから」

平九郎は箱から柔らかい飴を取り出すと、先ほどのように手際よく細工していく。

卯は最も簡単な造形の一つであるため、辰の工程の半分ほどで完成する。

「ほらよ」

「本当にいいの……？」

「おまけだ。その代わり他の子には内緒な。商売上がったりになっちまう」

平九郎は口にそっと指を当てて片笑《かたえ》んだ。

「うん！」

男の子は満面の笑みを浮かべると、両手に二本の飴を持ち、跳ねるような足取りで走り去った。その背が小さくなるまで見送っていた平九郎に、新たな客が声を掛けた。

「もし」

これは五十過ぎの男である。一瞬は子どもへの土産であろうかと思ったが、どうも違うらしい。装いこそ大店《おおだな》の番頭風であるが、平九郎はただならぬ気配を感じ取った。

「何にしましょう？　男の子ならば辰や寅、女の子なら卯や酉、戌《いぬ》なんかも人気ですぜ」

男は眼窩《がんか》の深い目で、じっとこちらを見つめながら言った。

「じゃあ、猫を」

「お客さん、十二支の内にしておくれよ」

平九郎は背を向け、篦《へら》で水飴をかき混ぜながら言った。

「なら……獏《ばく》ならいいかい」

平九郎は暫《しば》しの間、口を閉ざした。やがてゆっくりと振り返り、男の顔を真っすぐに見つめた。表情は真剣そのものである。

「間違いないかい？」

「はい」

男は何の迷いもなく即答する。

平九郎は細く息を吐くと、再び飴細工を作り出した。獏なんてものを作るつもりはない。飴細工師と、子どもへの土産を求める商人。そのように見えれば形は何でもよいのである。

「時刻、場所は……」

平九郎は声を潜めて囁いた。まるで声を隠そうとしてくれたかのように、一陣の風が吹き抜け、腰に差した風車が乾いた音を立てた。幸せな顔ばかりが流れる浅草《あさくさ》仲見世で、恐らくこの二人だけが顔に翳《かげ》が差しているのではないか。平九郎はそのようなことを考えながら、丸めた飴を棒に突き刺した。

二

行燈《あんどん》の仄《ほの》かな明かりが障子に茫と陰影を作る。

部屋には二人きりである。丑《うし》の刻（午前二時）は過ぎており、どいつもこいつも酒を呑んだくれ高鼾《たかいびき》をかいている。それでも決して油断は出来ない。いくら過敏になってもなり過ぎるということはないのだ。

万次《まんじ》は声を潜めつつ問うた。

「……迷いはないか？」

むしろ己《おのれ》こそ迷っている。そう万次は感じていた。一方の喜八《きはち》は迷うことなく短く首を縦《たて》に振り、地を這《は》うが如《ごと》く低く答えた。

「ええ。やりましょう」

二人は浅草界隈《かいわい》を牛耳っている香具師《やし》の元締め、浅草の丑蔵《うしぞう》の子分である。世間からはやくざ者と蔑《さげす》まれている身であった。

「集金は五日後ですね。手筈《てはず》通りに」

喜八はいつもとさして変わらぬ顔で言う。恐らく己の顔は紙のように白くなっているのではないか。

丑蔵は手広くしのぎを行っている。高利貸しもその一つであり、丑蔵の信頼の篤《あつ》い万次と喜八はその集金を任されていた。

その二人が何故《なにゆえ》丑蔵を裏切るのか。それも丑蔵の「手広さ」に訳があった。深い信頼があるからこそ、二人は多くの汚れ役を担《にな》わされた。借金のかたに娘を遊女に落とす、みかじめ料を払わぬ店に追い込みを掛ける。時には丑蔵を裏切った者を殺したことさえある。

丑蔵は同心の手先である目明しにも、たっぷりと銭を払っているため二人が捕まることはない。それがよいことか悪いことか。捕まらぬからこそ悪事に手を染め続けさせられる。

泣き喚《わめ》く子どもの前で親父を半殺しの目に遭《あ》わせるような苦い仕事もあった。またある日は、簀巻《すま》きにされた誰かも分からない死体を海に沈めたこともある。万次は何と言うかそのような日々が、

——嫌になった。

のである。

とはいえ、そのようなことは口に出来るものではない。万次が喜八も同様に抜け出したいという思いを持っていることを知ったのは、まさしく偶然のことであった。

一月前《ひとつき》、万次は日本橋にある馴染みの小料理屋「肇屋《はじめ》」の二階で酒を呑んでいた。町人が二階造りを持つことは公然には許されていないが、旅籠《はたご》など一部の業種では容認されている。肇屋は宿屋の業態《ぎょうたい》も取っているためこれが許されているのだ。

酒は温燗《ぬるかん》。肴《さかな》は蛤《はまぐり》の酒蒸しである。しっかりと砂抜きした蛤を、熱した鍋に入れて酒を注いですぐに蓋《ふた》をする。貝が口を開いたら、ここからは手早くことを進めねばならない。悠長なことをしていては、緩んだ舌触りになってしまう。

醤油《しょうゆ》を一回しし、酒とよく馴染むのを見届けたらすぐに皿に移す。これが万次の大

好物で、旬の春先には沢山作らせるようにしていた。

給仕をしてくれているお利根《とね》は万次の女だ。万次は頭の後ろで手を組んで畳の上にごろんと仰向《あおむ》けになると、軽い調子で言った。

「なあ、お利根」

「あい」

お利根は長い舌を持て余すように甘たるく答える。

「俺は何もかも嫌になった」

「と、申しますと?」

お利根の声に若干の怯《おび》えがあった。己に捨てられることを恐れているのだ。そのようなところも万次にはまたいとおしく思える。

「丑蔵親分の元で働くのがさ」

お利根は口元に指を当て短く息を吐く。

「滅多なことを……先ほど隣に客人が入られました」

「聞こえちゃいないさ」

この日、万次はいつもより酒を過ごしすぎた。

前日に丑蔵の命《めい》で掛け茶屋の主人を殺した。毎月幾らかの金を納めることを条件に、商いが上手くいくよう取り計らってやるのも丑蔵のしのぎの一つであるが、そこの主人が何でも敵対する香具師に鞍替《くら》えしようとしていたのである。

　主人が馴染みの小料理屋に向かう途中を待ち伏せ、万次は脇道から疾風《しっぷう》の如く飛び出すと匕首《あいくち》でもって脾腹《ひばら》をぶすりと刺した。主人は一瞬何が起こったか解らないようで、口を鯉《こい》のように動かした。万次は匕首を引き抜くと、腰の手拭《てぬぐ》いを取ってさっと拭い、何食わぬ顔で路地へと消えた。

　殺しをやってのけた翌日は、その血の臭いがいつまでも鼻について離れないから、毎度このように酒に頼ることになる。

「なあ、お利根」

「あい」

　先ほどと同じやり取りである。ただ何を言い出すものかと、お利根は些《いささ》か怯えている。

「堅気《かたぎ》になったら一緒になってくれるか？」

「え……」

「どうだ」

　お利根の目にみるみる涙が溜《た》まっていき、そして溢れ出た。

「私でいいので……?」

お利根は天涯孤独であった。それをこの肇屋に拾われたのである。給仕が仕事ではあるが、肇屋は馴染みの客には躰《からだ》を売らせており、お利根もまた例外ではなかった。

「何故、そう思う」

「私は汚れて……」

「俺のほうこそ汚れているさ」

万次は鼻で嗤《わら》った。心底そう思っている。

「私は器量よしでもないし」

お利根は目を伏せた。睫毛《まつげ》が長い訳でもない。肌もどちらかといえば浅黒く、唇も腫《は》れぼったい。世間的には決して美人とは言えぬ顔に違いないが、万次の好みにはぴったりと嵌《はま》った。

「俺はお利根がいいんだよ」

ぶっきら棒に言い、杯に残った酒を仰向いて呑んだ。

「はい」

答えるお利根の頬を涙が伝っている。

お利根と暮らしたいから逃げ出すのではない。逃げ出す口実が欲しかったのだ。己でもそれに気づいている。だからこそ胸が痛かった。

二人の間に流れる濡れた雰囲気に暫《しば》し酔っていたが、それは突然に破られた。隣の客間と隔てる襖《ふすま》が、突然勢いよく開け放たれたのである。

「喜八――」

万次は二の句を継げなかった。畳に伸ばした腕は、早くも小刻みに震える。己と同様、丑蔵の股肱《ここう》の配下の一人である。酔いに任せて不用意に話した内容を全て聞かれたと悟った。それは即ち、自らの命が風前の灯火《ともしび》だということである。

「万次さん……今の話は本当ですか」

「い、いや……お利根と一緒になりたいという話なら……」

はぐらかそうとして、しどろもどろになった。頬が引き攣《つ》り、全身の血が足に向けて一気に引いていくのが分かった。

「その前の話です」

――もう駄目だ。

万次は片目を瞑《つぶ》り、唾《つば》を呑んだ。

お利根は緊張に躰を強張らせていたが、意識が朦朧《もうろう》としたらしく頭を揺らした。万次は支えようと手を伸ばしたが、そこで意外なことが起こった。喜八が大きく踏み込んでお利根を支えたのである。

「万次さん、支えておあげなさい」

「喜八……」

言われるがまま、お利根の躰を抱き支えた。お利根の震えが万次の腕に伝わる。

「話を戻します。足を洗いたいってのは本当ですか」

「ああ」

己も風の万次と呼ばれた男である。一陣の風が吹き抜けるように、すれ違い様に刺し殺す度胸《ご》を持つことからその異名が付いた。

この期に及んで言い逃れをする気はなかった。喜八をこの場で刺し殺し、お利根と共に身一つで逃げ出すつもりになっている。そろりと芋虫が這うように、畳に打っちゃった匕首に手を伸ばした。

「お待ち下さい、親分に告げる気はありません」

喜八は慌てる素振りもなく言う。

「信用ならねえよ」

身を翻《ひるがえ》した時、喜八はまたもあり得ぬ言葉を吐いた。

「私も足を洗いたいのです」

何度驚かされればよいのか。あまりのことに身が硬直する。

「な――」

「どういうことだ……」

「そのままの意味ですよ」

――本当だ。

そう直感した。何故ならば目の前の喜八の顔は、毎朝盥《たらい》の水に映る己の顔のように、哀しげなものであったから。腕が軽くなり、お利根が意識を取り戻したことを知った。

「お利根さん……ですね。心配いりません」

喜八はやや掠《かす》れた声でそう言うと、柔らかに微笑んだ。しかしやはりその笑みにも悲哀が滲《にじ》み出ている。万次は事態が呑み込めず、ただお利根の額を優しく摩《さす》っていた。

三

こうして万次と喜八は行動を共にすることを決めた。

とはいえ、これまでそれほど仲の良くなかった二人が、頻繁《ひんぱん》に話していては他人に勘付かれる。打ち合わせは肇屋の二階と決めていた。

万次は猫のような性質で、仕事以外のことは一切誰にも語らぬどころか、尾行が無いかも、しかと確かめており、肇屋にも裏口から入るほど徹底している。故にここが馴染みであることすら一家の誰も知らない。喜八が隣の部屋にいたのはいわば偶然に過ぎなかった。

後になって聞いたことだが、最近、喜八も肇屋を使うようになったらしい。といっても目当ては女ではなく、ここの料理が国元の味に似ていて、口に合うとのことである。通い始めて二月《ふたつき》後、例の現場にたまたま遭遇したという成り行きであった。

「一人七十両と少しにはなろうよ」

万次は杯を干して熱い吐息を漏らした。

計画は至極単純である。二人は月の終わりに丑蔵から集金を任されている。これを根こそぎ攫《さら》って江戸から逃げるというものである。

「親分はすぐに追手を送るでしょう。それだけではない。江戸の全ての出口を塞《ふさ》いで待ち構えるかもしれません。そうなる前に逃げ出さねばならない」

喜八は水を呑む。下戸どころか元は大酒呑みであったらしいが、一年前から断っているとのことであった。

「本来ならば二日掛けて集金をするところ、一日で終わらせなきゃならねえ」

万次は苦々しく言った。

羽振りの良い丑蔵一家の集金は多く、普段ならば二日使って集める。今回もそうしたいところであるが、一日目が終わった時点でその日集めた銭は納めてしまうため、持ち逃げ出来る金が少なくなる。かといって夕刻になって戻らなければ、心配もされるし、すぐに疑いを持たれてしまう。

「いつもなら辰の刻（午前八時）に出ますが、その日は寅の刻（午前四時）から動きましょう」

「そんな早く出たら怪しまれるぜ。しかも二人ともだ」

喜八は何か策があるらしく首を振った。

「万次さんは外に泊まりに出ることも多いでしょう？　前日からここに泊まればいい。私は普段から早起きです。浅草寺にでも参ってから行くと言いますよ」

「なるほど。それなら間に合うかもしれねえ」

万次は膝を打って同意した。

「決まりですね」

喜八はそう言い、手酌《てじゃく》で盃《さかずき》に水を満たす。

そこで、疑問に思っていたことを口にした。喜八は何故足を洗いたいと思ったのかということである。酒を断った理由もそこらに関係があるのかもしれない。

「なあ、訊いていいか？」

「ええ」

喜八はちびりと水を含んで応じる。

「何故、お前は逃げ出す」

万次は幼い頃に孤児《みなしご》となり、町でうろついていたところを丑蔵に拾われた。多少なりとも恩は感じていたが、それ以上のことで報いて来たという自負もある。つまり万次は生きるために仕方なく、やくざ者になったに過ぎない。

一方の喜八は丑蔵の元に来てまだ五年と日も浅い。若気の至りで道を踏み外したという訳でもなく、齢三十を前にして、自ら志願してこの世界に飛び込んできたのである。

初めは誰もがただの優男だと思っていた。実際その印象は今も変わらないのだが、丑蔵が重宝するのには訳がある。危険への嗅覚《きゆうかく》が極めて鋭いのだ。謂《い》わば、勘働きというやつである。

ある日、丑蔵は喜八を供に賭場《とば》に顔を出そうとした。その時、喜八が、

「親分、何となく嫌な感じがします」

と、制止した。事実、賭場の客の中に他の香具師の刺客が潜んでおり、丑蔵は難を

逃れたのである。

最初、丑蔵は喜八が手柄を立てるために仕組んだのではないかと疑った。何事も猜《さい》疑《ぎ》心の強い男なのだ。

しかし以後も危険が迫るたびに、喜八は何度となく進言し、これが悉《ことごと》く当たった。以後、丑蔵は外出の折には喜八を手放そうとせず、僅《わず》か五年で五人の補佐役の一人にまで抜擢《ばってき》した。

万次は乾いた気質であるため、それに嫉妬心も持たなかったが、他の者が羨《うらや》むほどの早い出世である。それを捨てる訳がどうしても理解出来ない。

「言わねばなりませんか？」

喜八は少し困った顔になった。

「共に逃げる相棒だ。知っておきてえ。裏切られるってこともあるんだ」

喜八は鼻を指でなぞり、重々しく口を開いた。

「娘が流行《はや》り病で倒れました」

「娘⁉　お前――」

喜八は掌《てのひら》を見せて制した。驚きのあまり声が大きくなってしまった。万次は深く息を吸い込んで己を落ち着け、改めて静かに問うた。

「お前、娘がいるのか?」

「信州小諸《しんしゅうこもろ》に」

「その訛《なま》りは信濃《しなの》か」

喜八に訛りがあることは気付いていたが、流れ者の多い世界である。不文律として詳しくは訊かぬことになっている。

「私はこれでも武士だったのです」

「武士だって……」

これにも驚かされた。武士が何を好んでやくざ者に身を落とす必要があるのか。

「剣も少々学びました。故に殺意の臭いを嗅《か》ぎ取るのに、長《た》けるようになったのかもしれません」

なるほど、喜八の勘働きは剣術により磨かれたものであるらしい。やっとうの道にはとんと詳しくない万次であるが、講談などではよく聞く話である。

「それが何で江戸に」

話の続きが気になり、万次は肘《ひじ》を膝に突いて身を傾けた。

「江戸から出たことのない万次さんには分からないかも知れませんが……各地で酷い飢《き》饉《きん》が起こっているのです。小諸も例外ではありません」

宝暦《ほうれき》に改元されてから三年、江戸幕府始まって以来、初めてと言ってもいいほど各地で飢饉が起こっている。それに伴って百姓一揆も多発し、お上はその対応に追われていると聞いていた。

ただその中にあって物資の集まる江戸では、それほど飢饉の影響を感じていない。食膳から菜が減る。その程度のものであった。

喜八は遠くを見つめながら続けた。

「何も飢饉は百姓だけを襲う訳ではないのです。我ら武士の禄も借り上げられ、雀《すずめ》の涙ほどしか支給されなくなりました」

「なるほど……それで出奔して出稼ぎって訳か。でも何で堅気の商売にしなかった」

万次はやくざ者になる以外の道はなかったが、もし喜八の境遇であったならば、真っ当な仕事を始めたいと思うに違いない。

「その頃は妻が病で、薬代に多くの稼ぎが必要だったのです。出奔を決めたのもそれが理由でした」

「出奔した後、女房と子どもは？」

「先に去り状を書いておいたことで、罪に問われることはございませんでした。妻は近郷の郷士の出。無事に実家に戻り、そこで静養することに」

万次はそこまで聞いて首を捻《ひね》った。

「それは解ったけどよ。何でまた香具師を逃げ出そうと思ったんだ」

「妻は快方に向かい、今では静かに暮らしています」

「なるほど。それで一緒に……」

納得しかけた万次であるが、喜八の表情は冴《さ》えない。

「今度は娘が病に侵されました」

珍しいことではない。飢饉が起きれば食が減り、そうなれば躰が弱り病にも罹《かか》りやすくなる。飢饉は多くの負の連鎖を生むのである。

「薬代は送っているのだろう？」

「はい。それでも医者の見立てでは五分ということです……それを聞いた時、私は江戸を抜ける覚悟を決めたのです」

「ようやく得心した」

万次は二度三度頷《うなず》いてみせた。喜八の上品な話し振りは町人らしくないとは思っていた。喜八という名も恐らく変名であろう。

「万次さんの……本当の訳は？」

喜八は訊き返す。前回盗み聞きした内容の他に、訳があると思っているのだろう。

「嫌になった。本当にそれだけさ」

人を殺めて得た銭で身を洗うように酒を呷《あお》る。そんな日々に心底嫌気がさしたのだ。

そこまで考えた時、また疑問が浮かんだ。喜八もこの五年で万次ほどでないにしろ人を殺めている。それで得た銭を女房や子の薬に換えているのである。万次に妻子はおらず、あくまで想像であるが、己ならばこの矛盾に心を痛めるのではないか。そのようなことをぶつけ、

「お前さんもさぞかし心苦しかっただろうな」

と結ぶと、喜八は苦笑した。

「そのようなことを言っていられません。妻子のためならば鬼にでも、修羅にでもなれます……万次さんも大切な者を持てばきっと分かるはずです」

その時ばかりは喜八の穏やかな顔が、酷く恐ろしいものに見えた。家族の前では仏でいるため、他者には鬼になる。独り者の万次にはやはり解らないことである。

四

万次は息をぜえぜえ切らして往来を駆け抜ける。すれ違いざまに肩がぶつかった職人が罵声《ばせい》を浴びせるが、相手にするどころか、振り返ることすらなく走り抜けた。

――あの爺《じじい》め！

爺と心の内で罵《ののし》ったのは、元鳥越町《もととりごえちょう》に店を構える骨董《こっとう》商いの主人である。

この主人、博打《ばくち》が大好きで丑蔵に三十両もの金を借りている。その利子と商い料を取りにいくのが、本日最後の集金であった。

「万次さん、今小僧に金を集めさせているんだ。間もなく帰る。まあ茶でも飲んでいきなよ」

主人はそう言って茶を勧めてきた。ここまで何ら滞《とどこお》りなく集金を進めており、喜八と落ち合う時刻までまだ一刻（約二時間）以上の猶予《ゆうよ》がある。少しでも多くの金を持ち逃げしたい今、素直に払うというのならば、少しくらい待つのも仕方ないと万次は腰を据えた。

「爺さん、小僧はいつ帰る」

四半刻（約三十分）ほどして万次は尋ねた。

「おかしいね……もうすぐのはずだが。遅くともあと四半刻であろうよ。茶をもう一杯淹《い》れましょうかね」

万次は膝を揺すりながら小僧の帰りを待った。

四半刻ならばまだ間に合うが、それ以上掛かればここを諦《あきら》めねばならない。喜八との待ち合わせ場所は千駄木《せんだぎ》の根津権現《ねづごんげん》の境内である。そこで二人の金を合わせた上で綺麗に山分けし、共に甲州《こうしゅう》街道を目指す。適当なところまでいけば、あとはそれぞれ好きに分かれようということになっている。

——おや……。

茶を淹れ直した主人の手を見て、万次は訝《いぶか》しんだ。僅かであるが小刻みに震えており、湯呑の茶に波が立っているのである。

「爺さん」

万次は低くどすの利《き》いた声で呼んだ。

「あ、昨日貰った菓子があるのですよ。それを……」

言いかける主人に向け、万次は畳みかける。

「震えているぜ」

「歳を取ると躰がいうことを聞かなくてね」

「酒が切れたのかと思ったぜ」

「生憎《あいにく》、そちらは切らしていませんよ」

目の前に湯呑が置かれた刹那《せつな》、万次は主人の腕をむんずと鷲掴《わしづか》みにした。畳に湯呑が転がって、零れた茶が畳を濡らす。

付ける。

「だからうちも集金に――」

懐から素早く匕首を抜き取り、口で鞘《さや》を払った。主人の手を思い切り畳の上に押し付ける。

「その歳で長年連れ添った手とおさらばとは、不憫《ふびん》なこった。さあ、別れの言葉を掛けてやんな」

「待って下さい！　何を――」

「これが最後だ。小僧をどこへやった」

万次が凄《すご》むと、主人は口辺に泡を浮かべ、堰《せき》を切ったように話し出した。

「あんたが来る前に、蠟燭《ろうそく》屋の野郎が遊びに来て、今日が集金だったと聞いたんだ。あそことうちは決まって別の日……だからおかしいと……親分に告げれば借金を棒引きして貰えるんじゃねえかって――」

「くそっ！」

万次は手を離すと、頰桁《ほおげた》を思い切り殴った。主人は躰ごと吹っ飛び、畳の上で悶絶《もんぜつ》している。

歳を食った者の老獪《ろうかい》さを舐《な》めていた。猜疑心の強い丑蔵のことだ。大凡《おおよそ》の絵図はす

「小僧はどこだ」

でに見抜いたことだろう。つまりここにいれば、間もなく己は捕まってしまう。万次は店から躍り出た。幸いにもまだ追手の影はない。このまま江戸の外に逃げようかと一瞬過《よぎ》ったが、すぐに考えを改めた。何も喜八を慮《おもんぱか》った訳ではない。

――金が足りねえ。

本日の万次は小口の集金が主で、喜八が大口を担っている。これも集金先との馴《な》れ合いを恐れ、丑蔵が前日に言って寄こすのである。このまま逃げれば万次は今日の集金の三割ほどしか取り分がない。故に合流することを選んだ。

根津権現に辿《たど》り着いたが、まだ喜八の姿はなかった。広い境内には参拝客の影はない。颪で木々が揺れる度に、早くも追手が迫ったのではないかと万次は勢いよく振り返る。

まだ約束の時までは四半刻残っているが、万次は早くも焦《じ》れ始めた。

――あいつ、独りで逃げやがったんじゃあ……。

苛立《いらだ》って茂みの葉を毟《むし》っていると、程なくして喜八が現れた。

「喜八、ぬかった！」

その一言で喜八は全てを察したらしい。

「ここに来るまで嫌な予感がしていました。露見したのですね」

「ああ。すまねえ」

詫《わ》びる万次をよそに、喜八は周囲を見回して警戒している。

「急ぎましょう」

「そ、そうだな」

喜八は万次の心を見透かしているかのように、自らの集金袋を開いた。

「これでざっと半分のはず」

鷲掴みにして万次の袋に入れていく。むしろ万次のほうが多いのではないかという程である。金の擦《こす》れる音が静かな境内に高く響く。

「ありがとうよ」

「約束ですから。さ、急ぎましょう」

二人で逃げると見つかりやすい反面、いざという時に様々な手を打てるのも事実である。何より喜八の危険を察する嗅覚は、万次としても捨てるに惜しい。

駆けると却《かえ》って目立つため、甲州街道を目指して足早に歩いた。

四谷《よつや》に入ったところで、喜八がさっと袖《そで》を引いて辻へと引き込んだ。

「功太《こうた》です。他にも数名……」

「手回しが早《はえ》え」

昨日まで、いや今朝までの仲間である。見覚えのない博徒風を六名引き連れている。

「人を雇ったのでしょう。この様子じゃもう高井戸宿《たかいど》にも人を送っているかもしれません」

「他の香具師の親分から借りたのか……」

「いや、面子《めんつ》を重んじる丑蔵のことです。雇いでしょう」

この間の飢饉により、江戸には各地の農村から大量の人が流れ込んできている。この中でまともな職にありつける者はほんの一握りで、出て来たはいいが食うに食えず野垂《のた》れ死ぬ者も後を絶たない。

となると、悪行に手を染めてでも生きようとするのが、人間というものである。喜八のようにやくざ者といえども重宝された者はまだましで、大半がごろつきのような暮らしをしていた。

浅草の丑蔵ほどになると、その中からいざという時に役に立つ者を掌握《しょうあく》しており、大きな仕事ではこれらを使い捨てるつもりで雇う。

一年前、万次は丑蔵の命で、借金を踏み倒そうとした腕の立つ浪人を仕留めたことがある。今回ばかりは容易《たやす》くないと腹を据えた万次に対し、

――肉の壁に使うがいいさ。

と、丑蔵は薄ら笑いを浮かべ、雇い者を付けてくれたのを思い出した。

彼らとしても手柄を立てれば、丑蔵の元で羽振りのよい暮らしが出来ると、挙《こぞ》って参加する。もっともその時に雇われた三人の者は、浪人の刃に掛かって絶命した。その隙《すき》をついて万次は匕首を構えて躰ごとぶつかり、浪人をようやく仕留めたのである。

「これだけの数……割に合わねえよ」

丑蔵の配下は己たちも含めて三十余名。その一人ずつに五、六名の雇い者を付けていれば、その数は百五十を優に超える。

「やはりこれも面子を守るためでしょうか。裏切り者は幾ら掛かっても赦《ゆる》さぬということです」

「どうする?」

「品川《しながわ》へ向かいましょう」

間もなく日も落ちる。品川とて手は回っていようが、天下の往来というべき東海道《とうかいどう》である。どこかで夜を明かして、人通りの多い朝に旅人に紛れるという法もある。二人は頷き合って品川へと足を向けた。

五

目黒《めぐろ》にある瑞聖寺《ずいしょうじ》の境内に忍び込み、茂みに身を隠したのは丑の刻を回った頃であった。

二人は廻《まわ》り縁《えん》の下に潜り込んで、交代で僅かな眠りを貪《むさぼ》り、用意していた商人風の装束に着替える。陽が顔を出したと同時に、髷《まげ》も互いに結い直した。些か不格好ではあるが、一見するとどこかの商家の手代にしか見えまい。

こうして身形《みなり》を変えて高輪《たかなわ》へと出たのは、卯《う》の刻（午前六時）を少し過ぎた頃であった。

「いけるんじゃねえか」

海沿いに品川へ向かう途中、万次は呟《つぶや》いた。

「あの丑蔵のことです。油断は出来ません」

そこで気が付いたことであるが、喜八は昨日からすでに「丑蔵」と呼んでいる。この切り替えの早さ、万次は真似出来ない。喜八がまだ新参の部類であるからともいえるが、それだけでなく元々この仕事を嫌悪しており、腹の内では常に呼び捨てていたのではなかろうか。

「何か捕り物のようだな」

進む先に奉行所の手の者らしき男たちが検問を張っていた。昨夜、どこかで強盗でもあったのだろう。このような光景もまた珍しいものではなかった。

「訝《いぶか》しいですね」

「馬鹿な。目明しならともかく、ありゃ同心だぜ？」

万次は鼻で嗤《わら》った。丑蔵が賄賂《わいろ》を渡しているのは目明し。それは昨日まで一家にいた喜八も知っているはずである。流石の丑蔵であろうとも、たった一日で同心を抱き込める訳がない。

「そうですが……」

「俺に任せておけ」

喜八の勘働きの正体とは、案外小心だからではないだろうか。顔色の優《すぐ》れない喜八を叱咤《しった》し、何食わぬ顔で近づいていく。

「待て」

「はいはい、如何《いかが》いたしました」

こうして止められるのは想定内である。万次は人懐っこい笑みを浮かべて応じた。

「昨夜、このあたりで物取りがあった」

「へえ、物騒でございやすね」

「お主らは？」

この場を仕切る同心は、眉間《みけん》に皺《しわ》を寄せて顔を覗き込んで来た。それでも万次は笑みを崩さない。

「御徒町《おかちまち》の稲生《いのう》屋の手代でございます。これから小田原《おだわら》の店に送金に行くところです」

日本橋界隈の呉服屋ほど有名ではないが、稲生屋は呉服を商う実在の商家である。また主人は伊豆《いず》の出身であり、そちらに支店があることも本当であった。長らく市井《しせい》を闊歩《かっぽ》していると、このようなことも自然と覚える。

また自ら送金ということで、大金を持っていることへの嫌疑も晴れる。役人というものは隠せば執拗《しつよう》に追及するが、こちらから見せてやると案外笊《ざる》なことも熟知していた。

「ほう。朝からそれはご苦労なことだ」

同心はまことに感心している。

「何が盗まれたので？」

万次は興味津々といった素振りで尋ねる。江戸の庶民はこの手の話に関心を示す。

訊かぬほうがむしろ怪しいというものであろう。

「高輪の唐物《からもの》屋だ」

「唐物屋なら羽振りがよさそうですものね。では、行かせて頂いてもよろしいでしょうか？」

「今暫し待て。もう少し尋ねたい」

万次も甘くはない。二度と同じ手は食わぬ。先ほど、下役がそろりと場を離れたのを見逃してはいなかった。まだ確実とはいえないが、喜八が言ったように訝しい。それは喜八も気付いているようで、唐突に声を上げた。

「善太《ぜんた》さん、大変だ。忘れ物をしてしまった」

「え……何を忘れた」

「旦那様から娘さんへの手土産だよ」

「あの簪《かんざし》かい⁉　あれほど忘れるなと……お役人さん、すまない。戻らなくては」

手をばたつかせて慌てた素振りを作り、万次は踵《きびす》を返した。喜八もすでに駆け出している。

「お、おい！」

同心は呼びかけるのみで追っては来ない。自分たちでは顔の判断が付かぬということで、見知った者、おそらくは丑蔵の配下を呼びに走らせたのだろう。

「喜八、まずいぞ」

「ええ。丑蔵は後先考えずに銭を撒《ま》いている」

「一体どれほど……無一文になっちまうぞ」

昨日までの癖が出て余計な心配をしてしまった。それも丑蔵の懐具合を知っているからこそである。

「ええ。かなり本気ですね」

「どうする」

「こうなれば千住《せんじゅ》も同じ有様でしょう。江戸中に手が回っています。よしんば強行に突破しても、すぐに追手が来る……」

万次は背後がにわかに騒がしくなったのを感じて振り返った。

「あっ……追ってきやがった！」

「ばれたようですね」

先ほどの下役たちが血相を変えて追ってきている。正体が露見《ろけん》したらしい。

「もう駄目か……ちくしょう！」

ここまで丑蔵が身上《しんしょう》を擲《なげう》って追ってくるならば、もう府内に逃げ場所はどこにもない。どこかに潜伏してもいずれは見つかってしまう。そもそも一度しか勝機はなかった。それを潰《つぶ》してしまったのは己なのだから、情けなくて涙も出ない。

「高輪へ行きましょう」

「そんな近くじゃ追手が……」

「高輪の禄兵衛《ろくべえ》親分の元に逃げ込むのです」

「なっ――」

高輪の禄兵衛と謂えば、府内では知らぬ者のいない香具師の大親分である。浅草の丑蔵とは縄張りが接していないため直接の争いは少ないが、互いに意識し合っているのは確かであった。

「受け入れてくれるか⁉」

「向こうとしては、内情を聞けるだけでも儲《もう》けのはず。確か禄兵衛親分の本拠といえば……」

それに関しては万次のほうがその道に通じている。

「旅籠の上津屋《こうづや》だ！」

万次が先に走り、上津屋まで案内を務める。背後から迫る追手は諦めてはいない。それどころか博徒風の者も加わっている。丑蔵が袖の下を使って、奉行所の同心まで動かしたことは明らかであった。いや、ここまで堂々と追ってくるということは、与力、奉行にまで金を撒いているかもしれない。

「万次さん、大丈夫ですか」

高輪に戻った頃には流石の万次もへとへとで息も上がっていた。一方の喜八はどのような鍛え方をしてきたのか、顔に汗も浮かばず平然としている。

「もうすぐだ……」

上津屋の暖簾《のれん》が見えてきた。あそこまでの辛抱と歯を食い縛って、最後の力を振り絞った。

万次は上津屋に文字通り転がり込んだ。同時に何事かと男が吃驚《びつくり》する。

「何だ⁉」

「俺は……浅草の丑蔵の元にいた……万次だ」

「てめえ！」

この男も表向きは旅籠の雑用を装っているが、やくざ者であるらしい。出入りだと思ったのか声を荒らげた。

「違います。我々は抜けてきました。禄兵衛さんの庇護《ひご》に与《あずか》りたい」

「禄兵衛……知らねえな」

男はすっとぼけたが、目で合図を送っている。この宿もまた表向きにはただの旅籠で通っており、禄兵衛とは何の関係もないことになっているのだ。他に客がいる手前、男は惚《とぼ》けて見せたに過ぎない。

「ふてえ野郎どもだ。奥へ来い！」

男は万次の襟《えり》を摑んでずんずんと中へと引き入れていく。喜八もまた理解しており、大人しくその後に続いた。

「親分に繋《つな》ぐ。大人しくしてろ」

男は小声で囁くと、布団部屋に案内した。

「ありがてえ……」

「まだ礼は早いぜ。親分次第さ」

「だが、高輪の禄兵衛ほどの御方が、逃げ込んだ小鳥を無暗《むやみ》に殺す訳がないだろう」

店先で揉《も》めているのだろう。暫《しばら》くすると怒号が飛び交っているのが聞こえてきた。

「何だ」

「俺たちを追ってきた奴らだ」

男は小さく舌打ちした。

「余計なもん引き連れてきやがって。手の焼ける野郎どもだ」

「どうにかなるか？」

「俺は上津屋を預かっている陣吾《じんご》ってもんだ。俺の目の黒いうちは一歩だって踏み込ませるかよ」

「あんたが夜討ちの陣吾……」

皆が寝静まった頃、対立する一家の本拠に一人忍び込み、親分を刺殺したことから、その名で呼ばれている、裏の世界では名の通った男である。

「動くなよ。待っていろ」

陣吾はそう言うと表へ戻っていった。

「万次さん、上手くいきますかね」

「大丈夫。禄兵衛ほどの男が退く訳ねえ」

二人して狭い布団部屋で息を殺していた。四半刻も経たずして怒号は収まり、布団部屋の引き戸が開く。

「追っ払った」

陣吾が短く言い放った。

「奉行所の連中もいただろう？」

「袖の下を使っているのは何も丑蔵だけじゃねえ。うちは奉行所、目付、火盗改《かとうあらため》、上は若年寄にまで渡している」

「そんなこと教えちまっていいのかい？」

陣吾が己たちに対する疑いを解いていないのは分かっていた。大掛かりな芝居を打って内情を訊き出す策かもしれないのだ。

「知ったところで丑蔵風情《ふぜい》に何が出来る」

陣吾はにべもない。ここを頼って正解であったと喜八と頷き合った。

六

夜になって再び陣吾が現れ、ようやく布団部屋から出された。

「ついて来い」

二人は言われるがまま二階に上がった。

「連れてきました」

陣吾が襖の中へと呼び掛けると、乾いた咳《しわぶき》が一つした後、嗄《か》れた声で返事があった。

「お入り頂きなさい」

襖が開くと、そこにいたのは小柄な痩《や》せぎすの老人である。髪は白と黒が入り混じり、灰を通り越して銀色に見えた。その髪が蠟燭の灯りに照らされて煌《きら》めいている。

「お初にお目にかかります。禄兵衛です。驚かれたかな」

「いえ……」

内心は驚いている。禄兵衛と謂えばでっぷりと太った四十絡みの男であると聞いている。実際聞くだけでなく、万次は遠目ではあるが、この目で見たこともあったのだ。

「あれは影武者ですよ。そんなものを使わねばならぬほど物騒な世だ」

禄兵衛は手を滑らせて着座を促した。

——丑蔵よりも役者が一枚上だ。

そう思わざるを得ない。万次は喉《のど》を鳴らして席に着いた。

「お匿《かくま》い頂きありがとうございます。私は万次と申す者。こっちは……」

「喜八さんですな」

喜八は何も言わず会釈《えしやく》をもって返事とした。

「よくご存知で」

万次が口元を引き攣らせると、禄兵衛は目を細めた。

「万次さんのこともよく知っていますよ。風の万次といえば、我らの道では有名ですからね」

「恐縮です」

万次は肩を窄《すぼ》めた。素振りではなく、まこと自然からのものであった。この細身の老人のどこから、これほどまでの貫禄が出ているのか。血で血を洗うような暗黒街を生き抜いてきた経験が、それを醸《かも》し出しているのかもしれない。

「で、ご相談をお聞きしましょう」

禄兵衛は自らの膝を摩りながら言った。

「実は……」

万次はここまでのことを洗いざらい話した。これほどの男相手に嘘は通用しないことを知っている。飛び込んだからには全てを話して力添えしてもらうほかない。

「なるほど。丑蔵は怒っていましょうな」

禄兵衛はくすくすと女子《おなご》のような笑い声を立てた。

「はい。血眼で捜していやす」

禄兵衛はぴたりと笑いを止め、深い眼窩の奥を光らせた。

「ふむ……では条件を申しましょう。丑蔵のしのぎの方法、金を納めている商家、配下の数、その人となり。それらを教えて頂けますかな。さすれば儂が匿って差し上げよう」

「それは……」

一瞬、万次は迷ったが、それまで黙していた喜八がすかさず口を挟んだ。

「わかりました。お願いいたします」

これまでの経緯はともかく、丑蔵に関して知り得ることを全て話してしまっては、己たちは用済みとなって追い出されてしまうかもしれない。最悪殺されて首だけ送り届けられることもあり得る。禄兵衛としてもわざわざ丑蔵と軋轢《あつれき》を生じさせる必要はないはずである。

「万次さん」

禄兵衛は笑みを取り戻している。そして穏やかに話しかけた。

「は……」

「先刻申したように、私は約束さえ守って頂けたならば、必ずや匿い通します」

万次は額に脂汗が浮かんでくるのを感じた。禄兵衛はやはり笑みを崩さず、それでいてまるで声そのものが蛇蝎《だかつ》に変じたか如く、絡みつくような声で続けた。

「無用な詮索《せんさく》はおよしなさい。私も高輪の禄兵衛と呼ばれた男だ。信義を枉《ま》げやしない。もしそんな男ならば、あんたらはとっくに三途の川を渡っているさ」

「疑うなど……」

言葉に詰まる。この老人に完全に呑まれている。

「ならばいいわさ」

禄兵衛は鼻頭を指で掻《か》きながら、目を細めた。その顔に行燈の灯りが陰影を作る。

それがひどく不気味なものを見ているような気がして、万次は喉仏を上下させた。

茹《うだ》るほどの暑さの中、女に手を引かれて急な峠《とうげ》を行く。

照りつける陽射しは肌に刺さるようで、空を見上げて睨みつけようとしたが、目も開けられないほどに眩しい。

両側の木立が近ければ少しはましだろうが、峠道は存外広く、地から陽炎《かげろう》が立って先を歪ませていた。主要な街道のどこかであろう。

「ねえ」

万次は女に呼びかけたが、何も返してはくれない。絶え間なく鳴く蟬《せみ》の声のせいで聞こえなかったのかもしれないと、万次はさらに大きな声で呼びかける。

「ねえ」

「うるさい。黙って歩きな」

女は振り返りもせずに言った。だからといって手を離すわけでもなく、ずんずんと峠を上っていく。一度休憩を挟みたいと言いたかったが、これ以上話せば見捨てられるのではないかという恐怖が芽生える。

女は誰であったのか。万次は判らないでいた。まず考えられるのは母であろう。だが万次は何となく、

――違う。

そう思えてしかたなかった。

では他人かといえば、それも違うように思えた。飯も食わせてくれるし、草鞋《わらじ》が解ければ結び直してくれる。それなりに世話は焼いてくれるのだが、何と言うかどこか扱いが雑にも思える。母の姉、つまり伯母あたりが正解に最も近いのではないか。その素性を聞かされたことはないが、名だけは今も覚えている。お舟《ふね》と謂う女である。

何日歩いたかは、はきとしない。お舟と着いたのが江戸であった。お舟が借りたのであろう。二人で裏路地の長屋に住むことになった。場所はよく解らない。裏路地の入り口に小さな地蔵があったように思う。

一方で長屋の部屋の中はよく覚えている。畳は酷く黴《かび》臭く、壁もあちこちに亀裂が入っている。雨が降れば雨漏りがして、水が落ちるところでは畳表が黒く変色し、ふやけたように浮いていた。

お舟は昼に寝て、夕刻になると家を出た。飯は小さな麦の握り飯が一つ。万次はそ

れを貪るように食べ、獣のような悪臭がする布団に潜り込んで眠った。

朝方、お舟は帰ってくる。万次は目を覚ますこともあったが、いつも決まって眠っている振りをした。

「ちくしょう……ちくしょう……」

乱れた艶《つや》のない髪を掻きむしり、お舟はいつもそう独り言を零していた。お舟が何をしていたか。恐らく二十四文というはした金で躰を売る夜鷹《よたか》ではないか。そんな安い夜鷹さえなかなか勤まらない。焦り、虚しさ、哀しみ、全てが籠った、ちくしょうに、幼い万次なりに掛ける言葉を探したが、終《つい》ぞ一つも見つからなかったのである。

裏店に住みはじめて一月ほどであろうか。いや、二月か。ある日、お舟は土間に倒れ込んだ。駆け寄った万次の手を払い、お舟は厳しい語調で、

「ほっといておくれ」

と言い、這うようにして布団に入った。

そこから二日後の明け方、お舟は死んだ。事切れる前の最期の一言は、

「何で私がこんな目に――」

というものであった。

翌日からの万次の暮らしは地獄であった。まず腹が鳴って眠ることも出来ない。食

うものが何一つなかったのである。

お舟が死んだ翌々日、男が訪ねて来た。第一声が、

「店賃はまだ――」

というものだったから、恐らく大家であったろう。男は事態を呑み込むと、大仰な舌打ちをした。

「やっぱり貸すんじゃなかった。いい迷惑だ」

と言って、部屋の隅に蹲《うずくま》る万次を見下ろした。その目の冷たいことといったら、まるで背に雪を放りこまれたようであったのを覚えている。

なるほど、己は雪を知っていた。つまり北国の生まれなのではないか。

万次は長屋を追い出された。行く場所は無い。頼る人もいない。雨を凌《しの》ぐために大きな橋を見つけて、その下で眠ることにした。

ごつごつと石が背に当たり、寝返りを打つことも出来ず、初めのうちは酷く苦しんだ。しかしそれもいつしか慣れてしまった。

眠るのはともかく、食わねばならない。万次が取った方法は盗むということであった。荷を置いて休んでいる棒手振り、行商人の隙を突き、売り物をそっと盗んだのである。

毎日のようにこれを繰り返したが、子どもと思って相手が油断しているからか、はたまた悪事に天賦《てんぷ》の才があるのか、万次は捕まることはなかった。

食えるものならば何でもよかった。万次は青物は当然のこと、生魚でもそのまま齧《かじ》って飢えを凌ぎ続けた。

このような暮らしが半年も続いた。木々が赤く染まり、葉が落ち、寒さが身に染みたのを覚えている。

自らを抱くように橋の下で震えながら眠る日が多くなり、万次は幼くともこのままでは己が死ぬことを悟った。かといってどうしようもない。目先の食い物を求めて、町を徘徊《はいかい》するだけである。

手がかじかんでいたのが原因かもしれない。万次が初めて盗みに失敗したのもその頃であった。捕まった相手は豆腐売りで、万次の手を捻り上げて地に転がすと、何度も何度も踏みつけた。

確かに痛かった。それでも、

――寒さで死ぬよりましかもしれない……。

そのようなことを考えながら、頭を抱えていた。暫くすると誰かが止めに入る声が聞こえ、足が飛んでこなくなった。声の主は男である。

万次は身を起こそうとしたが、脇腹が酷く痛んで苦悶の声を上げた。しかし不思議と涙一つ零れなかった。

「坊主、家はどこだ」

低く、しわがれた声が降って来た。

「橋の下」

そう言いながら、ようやく身を起こした。

「泣いてないな」

「うん」

「大した餓鬼だ」

男は振り返ると、懐から財布を取り出し、豆腐屋に小粒を放り投げた。豆腐屋の顔は真っ青で、頬が小刻みに震えている。

「家がねえなら来い。面倒を見てやる」

男はそう言うと、手を貸してくれることもなく歩み出した。ここで付いていかなければ死ぬ。万次はそう思い、痛みも堪えて立ち上がると、足を引きずりながら後を追った。

万次が目を覚ますと、何故だか喜八が己の顔を覗き込んでいる。

「何だ」

長く眠っていたのか、喉がひりつくように渇いている。

「いえ、魘《うな》されておられたので……夢でも見たのですか？」

「いや……覚えてねえ」

喜八は頭をどけ、万次も手をついて躰を起こす。

「お舟……と、仰《おつしや》っていましたが」

喜八はやや躊躇《ためら》いながらといった様子である。

「昔の女さ」

ぞんざいに答えると、水差しから椀に水を注いだ。

喜八はそれ以上なにも訊かなかった。万次はそれを横目でちらりと見て、張り付いた喉に水を流し込んだ。


万次らが禄兵衛に匿われて十日が経過した。

上津屋から一歩も外に出ていない。お上にも太い伝手《つて》をもっている禄兵衛は、奉行所の介入をあっと言う間に食い止めた。与力や同心たちは遥か上から叱責を受けて、すごすごと引き下がったらしい。

しかし、丑蔵一家としてもこのままでは済ませられない。とはいえ安易に踏み込んで、禄兵衛ほどの男と事を構えることも躊躇《ちゅうちょ》しているらしく、上津屋周辺に多くの人を配して囲むように監視を続けている。二人が出て来たならば、一気に取り囲んで連れ去ろうとしているらしい。

仮に禄兵衛が府外まで護衛を付けてくれたところで、事は同じである。江戸から一歩出た瞬間、丑蔵の手の者が襲ってくる。禄兵衛としても二人の逃走先まで面倒を見てやる義理はない。

今の二人の状況を喩《たと》えるならば、うじゃうじゃと猫の集まるところに置かれた、籠《かご》の中の鼠《ねずみ》二匹といったところであろう。

万次と喜八は、布団部屋から出されて奥の小綺麗な一室に案内され、そこで居住している。飯もきっちりと賄《まかな》われ、今のところ何一つ不自由なことはない。

数日のうちに万次、喜八共に、望まれるままに語りつくしたが、禄兵衛は約束を違《たが》えることはなかった。

「よくあそこで即答出来たな」

万次は肘枕《ひじまくら》で畳の上に寝そべり大きな欠伸《あくび》をした。あの時までの緊張は一気に解きほぐされ、どこか呑気《のんき》な気分になっている。訊いたのは禄兵衛に目通りが叶った時のことである。

「隠し立てしても無駄だと思ったのですよ」

手慰みに紙で鶴を折っていた喜八は、穏やかに微笑んだ。土産も買えぬ逃避行である。娘に会った時に渡すつもりであるらしい。

「なあ、訊いてもいいかい」

「ええ」

「何で武士だったのに、町人の、それもやくざ者の俺なんかに、そんなに丁寧に話す」

喜八は紙を折る手を止めると、ちょいと首を傾げて考え、剣を握る真似をしてみせた。

「これの師匠が厳格な方でして。百姓町人といえども、敬わねばならぬと」

「へえ。お前さん、どれくらいの腕前だったんだい？」

反対に万次は、喜八が武士だと聞いた後も言葉遣いを変えていない。というより五年もの間、このように接してきたから器用に変えることも出来ないでいる。

「藩の剣術指南役を仰《おお》せつかっていました」

驚きのあまり肘枕が崩れ、頭がずり落ちた。

「お前……それなのに出奔したのか⁉　薬代くらいどうにでも……」

「いいえ。私は五十石取りの薄禄です。しかも以前話したように、それすらまともに支給されませんでした。剣術指南役など名誉だけで、一粒の米も頂けません。故にこうするしかなかったのですよ」

「でもよ……」

武士のことに詳しいわけではないが、それでも万次には捨てるには惜しい身分に思えた。

「名誉で飯は食えません。薬など夢のまた夢……」

喜八の顔に急に苦労が浮かび出たような気がした。万次は幼い頃こそ浮浪の身だったものの、長じて以降、貧しさというものを感じたことはない。これから先の暮らしにも、

――腕一本でやっていけるさ。

といった、漠然《ばくぜん》とした楽観があるのみである。

「万次さんこそ行く当てはあるのですか？」

そう話を振る喜八の表情はいつものものに戻っている。

「大坂に行こうと思う。そこで商いでもやるつもりさ」

「一人でやり直すってことですね」

「いや、落ち着けばお利根を呼び寄せることになっているのさ」

「ふふふ……」

喜八がふいに口元を緩めたので、万次は眉を顰《ひそ》めた。喜八は失礼と前置きして続ける。

「万次さんもいつか分かる時が来ると言ったでしょう？」

「家族のことかい」

「ええ。そう遠くないようだ」

喜八は嬉《うれ》しそうに格子戸を見つめ、万次も自然と誘われた。

今朝は無かったが白く輝く糸が見える。目を凝らすと小さな蜘蛛《くも》がせっせと巣を拵《こしら》えているのである。思えば己はあの蜘蛛のように、安息の場所を作ろうとして逃げ出すのかもしれない。

そのようなことをぼんやりと考えながら、万次はまた大きな欠伸を漏らした。

七

万次と喜八には禄兵衛が普段はどこで暮らしているのか見当もつかない。

勿論、上津屋に住んでいるという訳でもなく、それは禄兵衛の片腕ともいうべき陣吾ですら知らぬらしい。たまに好々爺《こうこうや》然とした客のふりをして訪ねて来るのだという。

暫く顔を見せなかった禄兵衛が、上津屋に姿を見せたのは、万次らが逃げ込んでから二十日が過ぎようとしていた夜のことであった。

「存外しつこいねえ」

禄兵衛は腕を組みながら片眉だけを上げた。陽が落ちてから風が出てきた。万次の不安を煽《あお》るような切ない風切り音が聴こえて来る。

「と……言いますと？」

「二人をよこせとせっつくものでね。そんな御方はいないと陣吾に言いに行かせたのさ」

陣吾はそんなことは一言も言っていなかった。禄兵衛の許可がなければ、何も話さないということを徹底しているらしい。禄兵衛は言葉を重ねた。

「そこまでは納得させたのだが、見張りはどけようとしない。往来で突っ立っていようが、関係ないだろうと言われてね。これには流石に閉口せざるを得ない」

「いつまで張り込むつもりでしょうか……」

万次は愛想笑いを浮かべたが、禄兵衛の顔色は冴えない。それで妙な胸騒ぎを覚えた。

「まあ、面子の問題だからね。丑蔵の気持ちも分かる」

「はあ……」

万次は曖昧な返事をして、横の喜八を見た。喜八は顔色を変えこそしないが、目配せをしてきた。

「で、ものは相談なんだがね」

――来た……。

禄兵衛の声色が変わったことで、不安は現実になりつつあることを悟った。

「出て行って貰えないかね」

禄兵衛は心底申し訳なさそうな顔付きで、さらりと言った。

「しかし――」

「こう柄の悪い連中に囲まれていたら、上津屋も商売上がったりなのさ」

「禄兵衛親分は、信義にかけて匿って下さると仰ったのでは……」

「信義は守っているつもりだよ。だから出て行ってくれないかと『相談』しているのさ」

――どの口が言いやがる。

内心とはいえ、万次は初めて禄兵衛を罵《ののし》った。

当座は役に立つと思ったようだが、旨味がなくなったと思えば冷酷に扱う。やはりどこまでいっても蛇は蛇なのだ。

「出来ればその脚でね」

禄兵衛はにこりと笑った。

これには二つの意味があると感じた。一つは自ら出て行ったとなれば、匿っていた禄兵衛の面子は保たれる。もう一つは出て行ってくれなければ、死体となって出て貰うということである。

「そんなご無体な……今、外へ出て行ったらすぐに捕まってしまいやす……」

「それは儂の与り知るところじゃあない」

「何卒、もう一度……」

なおも縋《すが》る万次に対し、禄兵衛は二度三度頷いてみせた。

「儂だって鬼じゃあない。いい人を紹介してあげましょうよ。ただし自分の金で頼むならね」

「いい人……？」

万次は身を乗り出した。命あっての物種とはよくいったもので、この状況を打開出来るのならば金が掛かるのも致し方ない。

「ま、簡単に言えば裏稼業の男さ」

「殺しの請負人ですか……」

江戸には金さえ出せば何でもするという者もいる。その中には殺しを請け負って、それで生計を立てているような輩《やから》も存在するのである。

丑蔵はよっぽどのことがなければ殺しは身内にやらせる。その実行役こそが万次であり、喜八であった。

手の者にやらせたほうが、外に漏れないということ。もう一つの理由としては、

——そのほうが安上がり。

と、いうことである。

所謂《いわゆる》殺し屋というものは、いずれも高額の報酬を受け取るということだけは共通しており、吝《しわ》い丑蔵としては出来得る限り使いたくなかったようだ。

大抵の標的は、たとえ数人掛かりでも屠《ほふ》ってきた。例の腕の立つ浪人も、数人掛かりで仕留めたのだ。しかし、ごく稀《まれ》に何々流の免許を持つような凄腕が標的となるこ

ともある。そんな時丑蔵は、

「此度《こたび》ばかりは万次でも無理さ」

と、頬を歪《ゆが》めて殺し屋を雇った。そのような経緯から、万次も何度かそれらしき男、いや男だけでなく女も見たことがある。

禄兵衛はゆっくりと頭を横に振り、鷹揚《おうよう》に言った。

「殺し屋じゃあないよ。もっともこちらも高値には違いないが」

「では……」

「いかなる身分、いかなる事情であっても、銭さえ払えば必ず逃がしてくれる。まるで神隠しのようにね」

「噂では聞いたことがあります」

長く裏の道を歩んできた万次である。そのような出どころ不明の話はよく小耳に挟む。しかしその殆《ほとん》どが眉唾《まゆつば》であることも知っていた。たった今禄兵衛が語った話も聞いたことこそあれ、巷《ちまた》に溢れる眉唾話の一つ程度に思っていた。

「今までただの一度も失敗したことがないそうだ。その男を紹介してあげよう」

横に視線を向けると、喜八も小さく頷いた。もはや二人に選択肢は残っていないのだ。ここで乗らなければ、禄兵衛に追い出され、あとは悲惨な運命が待っているのみである。

「分かりました。お願い致します……して、その者は？」

「男だ。年の頃は三十を少し過ぎたところか……武家の恰好をしているが、それも疑わしいものだ。当然ながらどこの産かも分からぬ。何しろ名さえ毎回変えているからね」

「では何と呼べば……」

万次は困惑して顔を僅かに顰《しか》めた。

「人はこう呼ぶさ……」

禄兵衛はそこで一旦止め、指で口辺の皺をなぞった。

「くらまし屋とね」

禄兵衛は歯の隙間から漏らすように、ぽつりと言った。

風がより一層強くなっている。上津屋の造りはしっかりとしているが、それでも人には見えぬほどの隙間は存在しているらしく、行燈の火を妖《あや》しく揺らす。

江戸の暗黒面を知り尽くしてきたつもりの万次であったが、薄く笑う禄兵衛を見ていると、何か得体の知れない領域に踏み込んだような心細い心地になり、下顎《したあご》が僅かに震えた。

第二章　隠れ家

一

　平九郎《へいくろう》が商売道具を曳きながらゆるゆると歩き、日本橋堀江町《ほりえちょう》二丁目にある居酒屋「波積屋《はづみや》」へ辿《たど》り着いたのは陽も落ちかけた申《さる》の下刻（午後五時）のことであった。

「平さん、いらっしゃい」

　暖簾《のれん》を潜ると、主人の茂吉《もきち》が丁度酒を運んでいるところであった。

　茂吉は当年五十二、鬢《びん》には白いものも混じってはいるが、可愛らしい団子鼻のせいか顔だけみれば十は若く見える。

「遅かったね。繁盛だったので？」

「全くさ。酒を頼む」

　平九郎は荷を脇に置かせて貰《もら》い、小上がりの座敷へと上がった。平九郎の飴《あめ》細工屋と異なり、波積屋は大層繁盛している。

ここから北に少し行き、和国橋《わこく》を渡ったところに新材木町《しんざいもくちょう》がある。その名の通り、多くの材木問屋が建ち並んでいる。そこの若い衆に波積屋は安くて旨《うま》いとの評判で、この時刻になると仕事を終えた者たちで常に賑《にぎ》わっていた。

暫《しばら》くして酒が運ばれてきた。運んできたのは茂吉ではない。女である。

「はい。今混んでいるから肴《さかな》は我慢してね」

この女、名を七瀬《ななせ》と謂《い》う。齢《よわい》は二十、身丈《みたけ》は五尺四寸（一六二センチ）と、女の割にはかなり高い。身丈五尺八寸（一七四センチ）と相当に大柄な平九郎ですら、見下ろすまでにはいかぬほどである。

円《つぶ》らな眼に、たっぷりと乗った睫毛《まつげ》、ぽてっとした唇、一つ一つの部位が可愛らしい。美人の部類には入らぬかもしれないが、男好きする顔といってよかろう。

「俺も客だろう？」

「平さんはいいの。塩でも十分呑《の》めるでしょう」

七瀬は滅法気が強く、弁も恐ろしく立つ。簡単に口説き落とせると思うのか、言い寄る男も後を絶たないが、いつも舌鋒鋭く捲《まく》し立てて煙《けむ》に巻いてしまっていた。

波積屋は人気の割にこの二人で回しているため、常に人手が足りず忙しくしている。平九郎は慌ただしく立ち去ろうとする七瀬を呼び止めた。

「赤也《あかや》は来てないか？」

「今日はまだ来てないわ。どうせ中間《ちゆうげん》相手の博打《ばくち》でもしているんじゃない」

「七瀬」

「まだ用？　こっちも忙しいの――」

平九郎は手招きをして見せた。七瀬は察したようで文句を言わずに近づいてくる。

「勤めだ」

「客が引くまで待って。その頃には赤也も戻って来るはず」

七瀬は小さく頷いて給仕へ戻っていった。板場にいた茂吉もすでに察したらしく、こちらに目配せをしてきた。早めに暖簾を下ろすということだろう。

塩を舐《な》めて、ちびりちびりと酒を呑み、ようやく運ばれてきた菜の花の白和《しらあ》えでさらに盃を重ねる。そうして戌《いぬ》の刻（午後八時）を回り、客の大半が家路に就いた頃、暖簾を撥《は》ね上げるようにして男が入って来た。

「遅かったわね。どうだったの？」

客の使った器を片づけていた七瀬が一瞥《いちべつ》する。

「どうもこうもあるかよ。だいぶすっちまった」

「頭が悪いのに博打なんてするからよ」

「博打は頭でするもんじゃねえよ。男気で打つもんさ」

「馬鹿みたい。あんなもの確率じゃない」

「女に解るかよ」

店に入るなり、七瀬と口喧嘩《くちげんか》を始めたこの男こそ赤也である。平九郎からすれば七瀬は男好きする相貌《そうぼう》といった評だが、この赤也に関しては明確に言える。

絹のような白い肌、切れ長の涼やかな目元、きりりと吊り上がった細い眉《まゆ》に、顔の中央を縦断する筋《すじ》の通った美しい形の鼻。

——女ではないか。

と、男が見てもはっとするほどの美男子である。

「赤也」

「あれ？　平さん、昨日も来てなかったっけ？」

呼びかけると、赤也は軽く手を振りながら小上がりに来た。毎日必ずと言っていいほど顔を見せる赤也と異なり、平九郎は五日に一度ほどしか顔を見せない。

「あれだよ」

「分かっているよ」

赤也は薄い唇を綻《ほころ》ばせて対面に座った。

「懐《ふところ》が寂しいみたいだな。俺の酒を……」

「大丈夫だって。七瀬、一本くれ」

赤也が呼びかけると、七瀬はきっと睨《にら》みつけた。

「駄目。つけも払ってないくせに」

「いいじゃねえか。勝てば利子をつけて払うからよ」

「はいはい。そう言って負けてばっかり。駄目なものは駄目」

七瀬は取りつく島もなく、片づけの手を休めない。

「出しておやりよ」

板場の茂吉が憐《あわ》れんだような声で言った。

「茂吉さん、すまねえ。きちんと返すからよ」

赤也が拝むような仕草をし、茂吉はにこりと笑って酒をつけてくれた。

「大将はいつも甘いんだから」

七瀬は大きな溜息をついた。

茂吉は赤也だけにこうなのではない。懐が寂しい若者につけで呑ませてやることや、小さなめでたいことがあった客に、おまけしてやることも珍しくはない。この面倒見と人の好さがあるからこそ、波積屋は繁盛しているともいえる。

こうして四半刻（約三十分）ほど二人で呑んでいると、最後の客が勘定をして出ていった。

「赤也、暖簾を下ろして」

七瀬は器を運びながら言った。

「何で俺が……」

文句を垂れながらも、赤也は案外素直に腰を上げて暖簾を外《はず》しにかかる。

「七瀬、あとは一人でやるよ」

茂吉は包丁を布巾で拭《ふ》きながら顎《あご》をしゃくった。

「でも……」

「平さん、大きいのかい？」

茂吉は口辺に深い皺《しわ》を作った。

「ああ。高輪《たかなわ》さ」

「そりゃ、早いにこしたことはねえ。七瀬」

七瀬はこくりと頷《うなず》き、板場の入り口付近の壁を押した。隠し戸である。そこから簡素な階段が伸びており、二階に上がることが出来る。

二階といっても厳密には屋根裏である。昨今では隠し二階を持つ町人は多いが、隠し戸まで拵《こしら》えることは稀《まれ》である。

七瀬はまだ落としていない竈《かまど》から附木《つけぎ》に火を移し、先に二階へと上がっていった。

二階にはこれも隠した格子戸があるが、今晩は月も霞《かすみ》掛かっており、上手《うま》く光を採ることは出来ないだろう。

「暫く蠟燭《ろうそく》代を払ってなかったな。ここに置いておく」

平九郎は一両を卓の上に置いた。随分値段がこなれたとはいえ、蠟燭は未だに高価で、庶民は使うとしても専《もっぱ》ら行燈《あんどん》である。

「多すぎるよ」

「いいさ。迷惑賃さ」

平九郎はそう言い残して階段に足を掛けた。

七瀬が蠟燭に火を付けて回ったことで、二階は表情まで見て取れるほど明るい。行燈だとこうはいかない。平九郎に続いて赤也も上がり、三人は板敷の上に車座になった。

真っ先に口を開いたのは赤也であった。

「さっき高輪って言ったよな。禄兵衛《ろくべえ》からか」

「ああ。厳密には繫《つな》ぎで、依頼者は別だ」

七瀬が割って入る。

「一人？」

「二人。やくざ者らしい」

禄兵衛の手の者からあらましは聞いている。それをつぶさに二人に告げた。

「ふうん。親分の金に手を付けて逃げるなんて自業自得」

七瀬は呆れたように言った。

「それも本当か解らねえさ。まずは会ってみねえとな」

勤めをやるにあたり、平九郎は七箇条の掟《おきて》を相手に課すことにしている。必ず消えることを願っている本人が顔を合わせ、依頼をしなければならないということもその一つである。

危うい仕事であるからこそ、依頼者に嘘《うそ》があれば一切引き受けない。それを見極めるためにも会わねばならない。

「相手は浅草の丑蔵《うしぞう》か。こりゃ骨が折れそうだ。裏……かい？」

赤也は高い鼻を親指で弾き、顔を覗《のぞ》き込んできた。

「いいや。表だ。裏はよっぽどの時だけと知っているだろう」

平九郎は表では飴細工師、今話し合っていることこそ裏稼業である。その裏稼業における表。ややこしい話ではあるが裏稼業の正道を行くという意味である。

「俺は何を」

赤也はさらに身を乗り出した。

「赤也は丑蔵の近くを探れ。七瀬は上津《こうづ》屋の周りを歩き地図を」

先ほどまで喧嘩していた二人であるが、まったく同時に頷いた。

「俺は明日、二人に会いに上津屋にゆく」

平九郎は腰を上げると、幾本かある蠟燭の一本を吹き消した。

二

翌日の陽が高くなった頃、平九郎は上津屋に向かった。

本来、依頼者とはこちらが指定した場所で会う。罠《わな》を警戒してのことである。それほど己が方々で怨《うら》みを買っていることも知っていた。

今回、依頼者の二人は上津屋から一歩も出られない状況であるため、こちらから赴《おもむ》くしか会う方法はない。当初は断ることも考えたが、仲を取り持ったのが高輪の禄兵衛であることを鑑《かんが》みて受けた。

――禄兵衛には恩を売るべきだ。

高輪一帯に勢力を誇る香具師《やし》の元締めである。三十を少し過ぎた頃、高輪の先代の元締めが変死体で発見された。すぐに禄兵衛は下手人を見つけると、仇討ちとばかりに八つ裂きにし、その後釜に座った。あまりの手際のよさから、禄兵衛が先代を葬《ほうむ》ったとさえ言われているが、真相は闇の中である。

ともかくそこから三十余年、禄兵衛は着実に勢力を伸ばし続け、江戸の中でも一、二を争う元締めにまでなっている。平九郎の胸に秘めた目的を達するためにも、暗黒街に精通している禄兵衛に恩を売っておくのは悪いことではない。

上津屋の近くをすでに三回りはしている。罠が仕掛けられていないかを念入りに見て回っているのだ。この行動を見れば臆病《おくびょう》だと嘲笑《あざわら》う者もいよう。

――臆病過ぎるくらいで丁度いいのさ。

平九郎はそう思っている。裏の道を歩みながら、何の下調べもしないのを勇気とは言わない。蛮勇ですらなく、愚鈍だと言えるだろう。

――丑蔵の配下か……。

上津屋の向かい、裏口は勿論、近くの辻々、掛け茶屋にそれらしき男たちがわんさといる。人相が特別悪いわけでなくとも、平九郎はそれと気が付いた。特有の暗い臭いを発しているのである。

　ともかくここまでは、繋ぎから聞いた話に相違はない。そこまで確認した上で、平九郎はようやく上津屋の暖簾を潜った。

　他に客はいないようで、すぐさま若い男が愛想のよい笑みを浮かべて迎えた。

「いらっしゃいませ。お食事で、それともお泊りでしょうか」

「万次と喜八のところへ」

「はあ……うちにはそんな者は……」

「あんたらの事情に合わせるつもりはない。案内してくれ」

「だから――」

　男が気色ばんだその時、奥から別の男が顔を出した。年の頃は三十を少し過ぎたところ。目つきが鋭く、一見するだけでも、なかなかの胆力を秘めていそうに思えた。

「一太《いちた》、黙れ」

「しかし兄貴……」

　その男は一太と呼んだ若い男には目もくれず、平九郎の前に進み出た。

「ここを預かる陣吾《じんご》と謂う者です。うちの若いのが失礼しやした」

「平助だ」

「ご案内します」

陣吾は奥へと進みだし、平九郎はそれに付いていく恰好となった。一太という若い衆は事の次第を知らぬようで、怪訝《けげん》そうにそれを見送っている。

「呼びつけて頂ければ、お迎えにいきましたものを」

「それには及ばない」

「せめていらっしゃる時だけでもお報せ頂ければ……」

「人に決められた場所に赴くのだ。時を決めるほど私は大胆ではない」

「慎重なことで」

「臆病なだけさ」

「流石」

陣吾の背しか見えないが、頸筋《くびすじ》に僅《わず》かな動きがあった。微笑《ほほえ》んでいるのだろう。

二階の最も奥の部屋の襖《ふすま》を開け放つと、そこには二人の男がいた。暇を持て余していたのだろう。将棋を打っている。

「お見えだ」

「この御方が……」

背を丸めて盤を覗き込んでいた男、聞いていた風貌から察するにこちらが万次《まんじ》であろう。

「くらまし屋殿だ」

陣吾は中へと促す。筋金が入ったように背を伸ばしていたもう一人の男が会釈《えしやく》する。こちらが喜八《きはち》ということか。

「では……私は下にいます。何かあればお呼び下さい」

辞そうとする陣吾を万次が呼び止める。

「陣吾さんも立ち会ってくれる訳では……」

「くらまし屋殿は、依頼者のみと談ずる。その掟を破るつもりはない」

なるほど陣吾というこの男、やはり只者ではない。このような時は俺も立ち会うとごねる者こそ多けれど、ここまで潔《いさぎよ》く相手の掟を遵守《じゆんしゆ》しようとする者は少ない。裏の道を歩む者の内、真の実力者は皆己の流儀というものを持っている。自らの流儀を守るということは、相手の流儀を尊重することでもある。

禄兵衛の教えが行き届いているのか、それとも陣吾が自ら磨き上げた感覚か、ともかく高輪一家の本拠である上津屋を任されるだけことはある。

陣吾は襖を閉めると、足早にその場を離れた。その跫音《あしおと》が遠のいて初めて、平九郎は口を開いた。

「話を聞こう」

「はい……まずはお座りになって下さい」

万次は手で着座を促した。

「このままでいい」

「しかし……」

依頼者を装って罠に嵌《は》めようとする輩《やから》もいるかもしれず、平九郎はこのような時、決して着座しない。座っていては咄嗟《とっさ》の対応に遅れが出る。

「それもこの方の掟なのだろう」

喜八は先んじて気付いたようで、万次を窘《たしな》めた。

「では……」

万次はぽつぽつと語り始めた。

万次は丑蔵の元で働くのが心底嫌になり飛び出そうと思った。また喜八も故郷に残してきた娘が病ということで逃げ出したいと考えていた。そんな時、ひょんなことから互いに同じ考えを持っていることを知り、協力して姿を晦ますことを計画した。しかも二人とも集金を任されるほどの身であることから、丑蔵の金を持ち逃げしようとしたという。

計画は途中までは順調であったが、万次の油断から事が露見した。方々を逃げ回った挙句、江戸の出入り口は全て丑蔵の手が回っていることを知り、命からがら同じ香具師の元締めである禄兵衛の元へ逃げ込んだというあらましである。

ここまで禄兵衛の繋ぎから聞いていた経緯との相違はない。ただ一点、語られていないことがあった。

「禄兵衛さんには世話になりやしたが……出て行く頃合いだと」

万次は苦悶《くもん》の表情になった。

――それで俺か。

平九郎は内心で舌打ちをした。

丑蔵一家の情報を抜き取った今、二人は用済み。丑蔵とこれ以上の軋轢《あつれき》を生むのも得策ではなく、むしろ邪魔な存在となっている。

だが禄兵衛にも面子がある。己を頼って逃げて来た者を、丑蔵に渡しては沽券《こけん》に関わる。殺してしまっても要求に屈したということでは同じであろう。

勝手に出て行ったという体裁ならば、誰にも憚《はばか》ることはない。では何故、わざわざ己に繋いだか。

――禄兵衛は人の怨みの怖さを知っている。

海千山千の禄兵衛である。人は怨みにとり憑《つ》かれると、時として途方もないことをやってのける。万次や喜八が万が一逃げ遂《おお》せた時、怨みは丑蔵ではなく禄兵衛へと向く。自分への僅かな怨みさえ回避したいと考えている。それが己を仲介した訳であろう。

「お請け頂けますか……？」

万次は恐る恐るといった様子で尋ねてきた。

「分かった」

「ありがとうございやす」

万次は頭を畳に擦《す》り付け、喜八も深々と礼をした。

「その代わり、こちらが示す条件を呑んでもらう」

平九郎は全ての依頼者に告げる七つの条件を示した。二人は一々嚙《か》みしめるように反芻《はんすう》する。

「一つよろしいでしょうか？　七つ目の捨てた一生を取り戻そうとせぬこと。というのは……」

万次は眉間《みけん》に皺を寄せた。

「そのままの意味だ。過去に関わった全てと縁を切るということだ。ただし江戸から脱出した後、行く当てが無いというのならば、次の住処まで斡旋《あっせん》する。それは決して見つからぬ安息の地だ」

万次は少し迷っていたが、意を決したように言った。

「嘘は申さぬことと約定《やくじょう》にありますので、包み隠さず申しやす。今一人、江戸から抜けさせたい者がいるのです」

「それは？」

「日本橋の小料理屋に肇《はじめ》屋というのがございます。そこのお利根《とね》、これと大坂で落ち合う約束になっているのです。今のところ誰にも、あっしとお利根が良い仲とは知られていませんが、あの丑蔵のことだ。調べるかもしれねえ。このお利根の面倒も見て欲しいのです」

「勾引《かどわ》かしではないか。それをそのお利根に確認せねばならんが、当人が望むならば構わない」

「ありがてえ……で、御代はいかほどで？」

万次は安心したようで幾分軽い調子で訊いた。

「依頼料は一人五十両頂く」

「そ、そりゃ幾ら何でも！」

万次は真っ青な顔になって訴えかけた。喜八はというと表情こそ変わらぬものの、小さく下唇を噛んだのを見逃してはいない。

「万次はお利根の分もあるので、加えて二十両。締めて七十両だ」

「もう少しまけて頂く訳にはいかねえですか……今、二人とも七十両と少ししか持ち合わせてないのです」

「呑めぬならば、無かったことにするしかない」

平九郎は冷たく言い放った。

俯《うつむ》く万次の顔色は依然悪い。口数が少なかった喜八が言った。

「先に半金……という訳にもいかないのですね」

「条件は言ったはずだ」

条件の二つ目として、

――こちらが示す金を全て先に納めしこと。

と、示してある。これも枉げることは出来ない。喜八としてもそれは承知の上で、念のために訊いたといった様子であった。

「解りました。お願いします」

喜八が了承し、あとは万次だけとなった。

「背に腹は代えられねえ……頼みます」

万次が絞り出すように言ったことで事は決した。

「では日時は追って報せる」

「一刻も早くお願いしやす……いつ何時《なんどき》、禄兵衛さんの気が変わらねえとも限らねえ」

「心配はいらないさ。殺すくらいならば俺に頼りはしない」

平九郎は二人から目を逸《そ》らさぬまま部屋を後にした。階段を降りると、待ち構えていたかのように陣吾が声を掛けてきた。

「終わりましたか」

「ああ」

「決行は何時？　早くして貰いたいのですがね」

陣吾は静かに言った。言葉の奥に凄みを感じる。

「それは俺と依頼者のみぞ知ることだよ」

「そうですかい」

「二人は俺の依頼者となった。危害を加えるようなことがあれば、相応の覚悟をして貰う」

何も答えない陣吾を一瞥《いちべつ》し、平九郎は上津屋を後にした。

三

二日後の朝、波積屋の二階に集まることになった。

当然ながら店はまだ開けておらず、従って客もいない。下には本日の商いに向けて、仕込みをしている茂吉がいるのみである。

平九郎が着いた時にはまだ赤也が来ておらず、七瀬と二人で先に上がって待っている。今日は格子戸を開けて光を取り込んでいるが、外からは屋根裏に風を入れているとしか見えないだろう。

「遅くなったな」

階段を上がってくる音がし、赤也が姿を見せた。厳密にいうならば、

――赤也らしき者。

である。

「今日はまたえらく化けたもんだ」

「いい女だろう？」

声は赤也であるが、どう見ても女である。洒落《しゃれ》た花柄模様の小袖、髪も島田髷《しまだまげ》に結い上げ、当世流行《はや》りの灯籠鬢《とうろうびん》まで拵えていた。さらに薄い化粧《けわい》を施しており、唇には

淡い紅を引いている。どこからどう見ても富商の娘といった具合である。さらに赤也は二十六歳ということだが、歳さえも十七、八にしか見えない。

「こんな具合にね」

赤也は普段よりは数段高い声で言うと、こちらに近づいてくる。そしてころころと鈴の音のように笑い、そっと座った。その一挙一動から、若さ特有の華やかさが滲《にじ》み出ている。

「大したもんだ」

赤也は変装の名人である。田舎侍《いなか》から大身旗本の御曹司、棒手振《ぼてふ》りから呉服屋の旦那《だんな》、近郷から出て来た小作人から庄屋まで、衣装に鬘《かつら》、化粧を駆使して身分、貧富、職業を問わず化けてしまう。恰好だけを真似るのではない。声も含めて化けたものに完全に成り切る高い演技力を有していた。

細身であるからか女に化けることもしばしばあったが、今日の変装はまた一段と板についている。

「餓鬼《がき》の頃から仕込まれたからな。でも女装は肩が凝って仕方がねえや」

装いは変わらないのに、いつもの声色に戻っているので奇妙に思える。

「本当にこれだけは凄いんだから」

七瀬は渋々といった様子で褒《ほ》めた。

「これだけは余計さ。お前もこれくらいおしとやかになったらどうだ」

赤也はからりと笑い、科《しな》をつくった。

「それこそ余計なお世話」

七瀬はそっけなく言うと、脇に置いていた丸めた紙を前に出して広げた。

縦二尺、横三尺とかなり大きな紙に、細筆で緻密《ちみつ》な地図が描かれている。中央あたりに「上津屋」と記されていることから、これが上津屋とその周辺の地図だと解る。

「私が歩いて描いた地図。赤也」

「へいへい。平さんも見たと思うけど、上津屋は完全に取り囲まれている」

赤也は片膝を立てて身を乗り出した。裾《すそ》が割れて女のように白い腿《もも》が顕《あら》わとなって艶《なま》めかしい。

「表から出て左右の辻、裏口も同じ。さらにここと、ここの掛け茶屋、一町（約一〇九メートル）離れたこの宿……」

「やはりそうか」

赤也は地図を指差しながら続けた。

「あとは上津屋の斜向かいの魚屋、丑蔵が大金を積んで、二人を捕まえるまで借り上げてやがる」

「本当か」

掛け茶屋や宿に胡乱《うろん》な者がいたのは見抜いたが、魚屋には平九郎も気付かなかった。

「雇われ者を三人ほどたぶらかして訊いたが、皆口を揃《そろ》えて言うので間違いねえよ」

なるほど、そのための女装であったらしい。

「雇われた者たちの素性は？」

「まあ近頃流行りの無宿者が大半。田舎から出たものの食い詰めた奴らさ」

人別張に名がない者をそのように言う。昨今、江戸にはこの無宿者が溢れかえり、幕府も取り締まりに乗り出したが、数は一向に減らず、むしろ増加の一途を辿《たど》っている。

「数は？」

七瀬はすでに思案を始めているのであろう。唇にそっと手を当て、地図を穴が開くほど覗き込んでいた。

「駆り出した総勢は百五十を超えている。日によって違うようだが、上津屋の周りには常に五十人ほどが見張っているってことよ」

「丑蔵は相当頭にきているようだな……」

平九郎は眉間を指で搔いた。

「これもそいつらから聞いた話だけど、丑蔵のやつは二人を三度殺しても飽き足らねえなんて、気炎を吐いているらしいぜ」

丑蔵の股肱《ここう》の者は決して多くはなく五人ほどという。そのうちの二人が共謀して裏切ったのだから、そうなるのも理解は出来る。

「赤也、残りはどれくらい？」

七瀬は先刻より一度も顔を上げていない。

「ざっと七、八十ってところか。江戸に最も近い四つの宿場には全て配置済みさ」

赤也が言う四つの宿場とは、東海道の品川宿、中山道《なかせんどう》の板橋《いたばし》宿、日光《にっこう》、奥州《おうしゅう》街道の千住宿、甲州街道の高井戸宿のことである。昔、甲州街道にはより江戸に近い内藤新《ないとうしん》宿《じゅく》が設けられていた時代もあったが、今は廃止されて甲州街道一番目の宿場は高井戸宿になっている。

この高井戸宿にまで人を配置しているということは相当な念の入れようである。ともかく江戸から出るためには、このいずれかの宿場を通らざるを得ないのだ。

「海はどうだ？」

小舟で川を下らせ、大船に乗り換えて海に出る。そのようにして大坂に出ることも可能ではある。

「抜け荷の取り締まりが厳しすぎて無理さ」

昨今、幕府は抜け荷の取り締まりを強化している。これは不正な米が米価を狂わせる対策ということもあるが、日本の刀剣や漆器《しっき》が異国で高く売れることから、江戸で買い占めている不届き者がいるらしい。

江戸から直接異国に行く訳ではないが、品物の多い江戸で買い集め、長崎や蝦夷《えぞ》地を経由して売り飛ばしているという噂もまことしやかに流れている。

この抜け荷の取り締まり強化策は、本丸老中である松平武元《まつだいらたけちか》の肝煎《きもい》りで進められていると耳にしていた。武元は上野館林《こうずけたてばやし》藩五万四千石の領主で、通常は幕府の役職に就けない親藩であるが、俊英の武元を見込んだ将軍により寺社奉行、老中を歴任しているほどの男である。

「海の取り締まりが厳しいならやはり陸……品川はじめ高井戸宿まで押さえられた今、江戸の出入り口は全て封じられたって訳か」

平九郎は唸《うな》った。赤也は鬢が痒《かゆ》いのか、生え際を掻きながら言った。

「平さんに負担を掛けちまうが、こりゃ『裏』のほうがいい気がするがねえ……」

「何度も言わせるな。『裏』は最後の最後だ。あくまで『表』で行く」

七瀬は地図を見ることを止《や》め、そっと瞼《まぶた》を閉じた。この女の思案している時の癖である。こうなれば次に口を開くまで待つことにしていた。それは赤也も心得ており、退屈そうに膝を揺らしている。

暫くして七瀬はゆっくりと目を開いた。

「上津屋を抜ける策は幾つかある」

七瀬は凛《りん》と言い切り、その幾つかを説明した。

「なるほど。どれも上手くいきそうだ。中には金の掛かるものもあるが……」

普段は大雑把《おおざっぱ》で、気風《きっぷ》のいい江戸女といった七瀬だが、それに似合わず鋭利な剃刀《かみそり》ほどに頭が切れる。男として戦国の世に生まれ落ちていたならば、その知恵だけで一国一城の主《あるじ》になれたのではないか。平九郎は大真面目に考えたこともあった。

「あとは江戸の出口ね。これはもう少し考えてみる」

「雇われ者だけでなく、道中奉行の配下も賄賂《わいろ》を貰って動くかもしれない」

余計な心配とは思いつつ、平九郎は付け加えた。町奉行の一件では禄兵衛にしてやられた丑蔵だが、宿場は道中奉行の管轄《かんかつ》であり、再び丑蔵が手を回そうとも今度は禄兵衛も邪魔をしないだろう。

「分かっている」

七瀬はにこりと微笑んだ。

「では、上津屋を抜ける手配は俺がする。赤也は引き続き丑蔵の近辺を探れ」

「もう女は止めだ。やっぱり肩が凝る。別の姿に化けるとするさ」

赤也は脛《すね》をぼりぼりと掻きむしった。脛毛は一本も無い。裾で見えぬであろうこのような細部にまで気を使い、剃《そ》り上げているのだ。

「あ、平さん。そろそろお店の支度をしなきゃ」

慌てた七瀬は忙《せわ》しなく宙に手を泳がせながら言った。この愛嬌《あいきよう》のある女が、稀代《きたい》の知恵者などとは誰も思わないだろう。

まず平九郎が一人で階段を下りる。茂吉の店ではあるが、不測の事態が起きていないとも限らない。お上に嗅ぎつけられることや、怨みを買った者に居場所を突き止められることもあるかもしれない。

「あ、終わったかい？」

そう言う茂吉は珍しく座敷に腰を掛けていたので、平九郎は首を捻った。

「ああ。茂吉さん、仕込みはいいのか？」

「聞いて下さいな。上方から来るはずだった材木が遅れているとかで、今日はあちこちの材木商が休みにしちまったらしいんですよ」

材木商も勿論在庫を抱えようとするが、それが叶わぬほど材木は飛ぶように売れる。

理由は火事である。江戸では年に三百を超えるほどの火事が起こり、家の再建のため大工は極めて忙しい。となると必然的に材木は売れ続ける。特にここのところは火事が多く、荷が滞《とどこお》れば商いも出来ないという有様らしい。

「うちはあそこの客でもっていますからねえ」

茂吉は苦く笑った。波積屋の客の大半が材木商の若い衆である。そこが休みとなれば、店は閑古鳥《かんこどり》が鳴く始末となるのだ。

「そりゃ災難だな」

「火事が起これば景気が良くなるって言うけど、あまりに多すぎると、材木があっという間に尽きて、うちはこの有様ですよ。火消の皆さんにはもう少し気張って頂きたいもんです」

人の好い顔でこめかみを掻く茂吉は、次に降りて来た七瀬に声を掛けた。

「今日は休みにするよ。木曾《きそ》屋さんも、西松《にしまつ》屋さんも軒並み休みらしい」

「今月に入って二度目だね」

七瀬は溜息をついて降りて来る。

「たまには外で遊んでおいで。平さん、今日はどこか縁日はないかい？」

平九郎は縁日を求めて飴細工を売りに出るため、詳しいことを茂吉は知っている。

「深川《ふかがわ》の富ケ岡《とみがおか》八幡宮《はちまんぐう》だな」

「だってよ。羽を伸ばしておいで」

「でも……」

戸惑いを見せる七瀬に、茂吉はくいと呑む真似をした。

「こっちはこっちで楽しんでおくよ。平さん、たまには二人でやりましょうよ」

そこに降りて来た赤也が叫ぶように言った。

「今日は休みだって!?　博打に負けたらどこで憂さを晴らしたらいいんだよ」

「やらなきゃいいだけじゃない」

七瀬はまたまた呆れている。二人のこのようなやり取りは日常茶飯事なのだ。

「じゃあ今日は三枚目に精を出すとしますか」

赤也は講談の公家の貴公子のような顔をしているが、飲む、打つ、買う、の三拍子が揃った、絵に描いたような無頼漢である。

その赤也の言う「三枚目」とはつまり女のことであった。買うというが赤也ほどの美男子ならば、引く手あまたで方々に女がいるらしい。

「本当に癖が悪いんだから」

七瀬が鼻を鳴らすと、赤也は惚《とぼ》けたように言い返す。

「これも勤めのため、渋々さ」

確かに赤也は女から情報を引き出してくることもあるし、出逢った女から稼業の依頼に発展したこともある。もっともそれは方便《ほうべん》であることは皆が知っている。

「自分の恰好を見てから言いなさいよ」

「ああ、しまった。まずは着替えねえとな」

灯籠鬢をそっと撫で、赤也は白い歯を見せて笑った。

四

七瀬は茂吉に勧められるまま富ケ岡八幡宮に参詣に行くと外に出ていき、赤也も鬘を外して髷を綺麗に整えると、波積屋に預けてあった己の着物に着替えて何処かへふらりと消えた。

自然、店には平九郎と茂吉だけが残された形となる。もう春先であるが肌寒い日が続いており、茂吉は酒を温めてくれ、仕込んで無駄になったもので、さっと肴を作ってくれた。

「土筆《つくし》かい」

「ええ。旬のものをと用意していたんですがね」

　土筆の卵とじである。土筆にちょいと胡麻油を垂らして炒めたものを、出汁《だし》と少量の醬油《しょうゆ》を入れた卵でとじると茂吉は説明した。

「手間が掛かるのだろう？」

「ほんの少しだけね」

　まだ幼い土筆のはかまを取り、さっと茹《ゆ》でたら水にさらして、十分に灰汁《あく》抜きしてから使う。他の食材に比べればやはり手間の掛かるほうなのだが、茂吉に言わせれば手間の掛かるものほど愛着が湧《わ》くものらしい。

「美味いね」

「そりゃあよかった」

　料理を褒めると茂吉は本当に嬉しそうにする。

「何故、土筆と言うのだろう？」

　平九郎は箸《はし》で挟んでまじまじと見て、独り言のように呟いた。

「土筆は筆に似ていることから、この字が当てられているんですよ」

　茂吉は上機嫌になり解説を始めた。

　つくしの「つく」は「突く」という意味で、土を突いて顔を出すことからこの読みとなった。江戸幕府が開かれる前の関八州ではツクヅクシと呼ばれていたらしい。これは「突く」の重ね言葉で、つくづくと重なって出ることからそのように呼んだという。

平九郎は眉を開いて土筆を口に放り込んだ。

「茂吉さんは学者だね」

「口に入れるものだけね」

茂吉が料理の道に入ったのは三十路《みそじ》と遅い。そこから修業を始めて、店を開き繁盛させるまでに至ったのだから、人並み以上に努力してきたのだろう。

平九郎が猪口《ちょこ》を空にすると、茂吉はすぐに酒を注いできた。

「なあ、平さん」

「ああ」

「まだ何も手掛かりはないのかい?」

七瀬も赤也も忘れている訳ではなかろうが口にはしない。訊いてくれるなという雰囲気を己が纏《まと》っているのかもしれない。ただ茂吉だけは臆《おく》することなく、たまにこうして訊いてくる。

「何も……な」

「あっしと出逢う一年前だから……三年ですか」

「そうさ。もう駄目だと言いたいのだろう？　だが……」

茂吉はゆっくりと頭を振った。

「いいえ。あっしも諦《あきら》めちゃいません。だからこうしてお手伝いをさせて貰っているのですよ」

茂吉は酒を呷《あお》ると、平九郎を制して手酌《てじゃく》で注いだ。

「すまねえな」

「平さんは命の恩人だから、当然のことですがね」

「それにしても、おかしなもんさ。世には大金を積んででも、こんなにも姿を晦ましたい奴が溢れている」

「はい」

平九郎は猪口を持ったまま、格子戸へと目をやった。

「望まぬ者もいるのにな……」

茂吉は何も答えなかった。

ふと視線を落とすと格子戸から差し込んだ陽が、土間に光と影の縞《しま》模様を作っている。それをぼんやりと眺めつつ、平九郎は猪口の中の酒を一気に呑み干した。

第三章　江戸の裏

一

三年ほど前から、江戸にとある噂《うわさ》が流れた。それは口伝えに徐々に広がり、様々な憶測を呼んでいる。

銘々《めいめい》が違うことを言い、噂が噂を呼んでいることを平九郎《へいくろう》は知っている。むしろそのように巷《ちまた》に流したのは平九郎自身である。

中には尾鰭《おひれ》が付いて全く話が変わっている場合もあるようだが、その大半はあながち間違いではない。不忍池の畔《ほとり》の地蔵も、吉原《よしわら》の廓《くるわ》にある九郎助稲荷《くろすけいなり》も、また弾正橋の欄干《らんかん》の裏も、くらまし屋に繋《つな》ぐ手段の一つである。

平九郎自身が依頼者に会う場合がほとんどだが、時には赤也《あかや》、七瀬《ななせ》が取り次ぐ場合もある。赤也に至っては毎回変装しているため、なおさら噂は定まらない。

茂吉《もきち》と二人で呑《の》んだ翌日、平九郎は商売道具を持って家を出た。裏稼業のほうではなく、飴《あめ》細工の道具一式である。万次《まんじ》と喜八《きはち》の脱出計画は練りつつも、他の依頼が無いかを確かめねばならない。一所に対し、十日に一度は見て回るようにしている。

——無いか。

平九郎は地を確かめたが、土が掘り返された様子は無かった。飯田町《いいだまち》にある田安稲荷の社《やしろ》、ここに石造りの二体の狐があり、一体は鍵を咥《くわ》え、もう一体は玉を咥えている。玉の狐の裏へと回り、足下に文《ふみ》を埋める。それもまたくらまし屋に依頼を繋ぐ場、方法の一つであった。

昨日、茂吉に語ったように江戸で姿を消したいと望む者は存外多い。少ない月でも一人、多い月になると五人もの依頼がある。

もっとも冷やかしで偽名を使っているものや、嘘《うそ》の所を記している場合も多い。事前に調査してから赴《おもむ》くので、そのようなものは全て無視することになる。

真の名、所であると調べ、こちらが訪ねたとしても、

「まさか本当に来るとは……」

などと腰を抜かす者もいた。そのような場合、

「次に嘘の依頼を出せば命は無い」

と告げてその場を後にするのである。

それもまた噂となって広まりつつあるので、昨今では面白半分の悪戯《いたずら》は随分と減ったものの、それでもまだ大半は冷やかしのようなものであった。

「あの……」

何食わぬ顔して社から出たところで、唐突に声が掛かったので些《いささ》か驚いた。それをおくびにも出さず、平九郎はゆっくりと振り向く。

立っていたのは少女である。歳の頃は六つ、七つほどであろうか。

「どこに行けば、飴を作ってくれるの？」

「今、ここで作ってやるよ。今日は流しだからね」

縁日などに出張り露店を開くこともあれば、今日のように流しの飴細工屋を装う時もある。

前者の場合はその時に依頼を受けることもある。依頼方法はまずは「猫」の飴を頼み、平九郎が十二支の内にしてくれと答えたところで、続いて夢を喰うとされる伝説の生き物「獏《ばく》」の飴を注文するといったものである。禄兵衛《ろくべえ》など裏の道に通じており、くらまし屋のことを知る僅《わず》かな者はこの方法を採ることが多い。

後者、つまり今日のような流しは依頼がないかと町々を歩くための偽装にもなる。

「御駄賃を貰《もら》ったの」

　少女は小さな手を広げて見せた。落とさぬようにしっかりと握っていたのだろう。汗で少し艶《つや》のある四文が重なっている。

　飴細工は五文で売っているのだが、何も言うまい。平九郎は笑みを浮かべて訊《き》いた。

「何がいい？」

「うーん……猫がいいな」

　平九郎は微かな動揺を悟らせぬように、努めて穏やかに言った。

「十二支の内にしてくれよ」

「好きなのにな。じゃあ……」

　少女の返答を待つ。平九郎は息が詰まるような思いで待った。

「酉《とり》！」

「よし。酉だな」

　ほっと胸を撫《な》で下ろし、少女から四文を受け取ると支度に掛かった。

　江戸には何百、何千の失踪を希む者がいる。その中にはこれくらいの子どももおり、事実今までにも数度「晦《くら》ました」ことがあった。

　理由は様々だが、酷《ひど》い折檻《せっかん》に堪えかねたとか、奉公先から逃げ、実の父母の元に戻りたいなどが殆《ほとん》どを占めている。

くらまし屋は相手が掟《おきて》さえ守れば、老若男女身分を問わない。しかし平九郎は子どもを晦ますのが、最も苦手であった。

――誰も救われねえ。

そう思う結果になることが極めて多いのである。

平九郎の絶え間なく動く手先を見つめ、少女は小さく鼻唄を歌っていた。こうして子ども相手に飴を拵《こしら》えている時が、最も安らかな気分となり、自然饒舌《じょうぜつ》になる。

「お嬢ちゃんはお武家の子だね」

「うん。そう」

「どこの御家中だい？」

飴は冷えれば細工出来なくなるため、会話の途中も決して手は休めない。鋏《はさみ》でぷつんと切り込みを作り、羽を引っ張り出した。

「松平様」

「松平様は多いからなあ……」

「松平隼人《はやと》様です」

「なるほど。定火消《じょうびけし》の松平様だね」

この三年間、勤め以外は毎日江戸中を歩いて回っている。故にある程度の大名、大身旗本に関しては頭の中に入っている。

「ほら、酉だ」

「可愛い」

「姫、お褒めに与《あずか》り、光栄です」

平九郎は惚《とぼ》けた調子で言いながら手渡した。

「今度は他のも作って欲しいなあ……また来てくれる？」

「このあたりには十日置きに来るよ。次までに何がいいか決めておきな」

「蛇か亥《いのしし》にしよう」

少女は自分に言い聞かせるように小さく頷《うなず》いた。

「嬢ちゃん変わっているね」

「うん。よく言われる」

少女はそう言うと、にこりと笑った。歯が生え変わっている途中なのか、前歯が一本抜け落ちているのが、より愛嬌《あいきょう》を際立たせていた。

平九郎は胸の奥がぎゅっと締め付けられた。これが初めてではない。この年頃の女の子を相手にすると、いつも襲われる感覚であった。

「家は近いだろうけど、気を付けて帰りなよ」

ぽんと頭を撫でると、少女はぺこりとお辞儀をして去っていった。

平九郎は糸を吐くかのように細い息を天に吹きかけた。空に浮かぶのは、今の胸のざわつきを表しているかのような、歪《いびつ》な形の雲ばかりである。

平九郎はぴしりと自らの頰《ほお》を叩《たた》き、屋台車に手を掛けた。この辺りは武家屋敷が多いからか、遊びまわる子どもも少なく静かであった。再び歩き始めた平九郎と共に、町の隙間《すきま》を縫っていくかのように、からからと乾いた車輪の音が響いている。

二

平九郎は寄り道をせず、日本橋弥兵衛町《やへえちょう》にある長屋の一室に帰った。江戸に出て住処を求めていたところ、たまたま通り掛かったここで、空き家の張り紙を見たのが縁であった。

大屋は藤助《ふじすけ》という四十半ばの人の好い初老である。人が好過ぎるからか、家賃を滞納する者がいても、なかなか追い出すことが出来ず、平九郎を見かける度に愚痴《ぐち》を零《こぼ》している。

平九郎が日暮れ時に戻った今日もそうであった。

「平さん聞いておくれよ」

「どうしやした？」

屋台車を脇に寄せて答える。

「どうもこうもないさ。貞太郎《さだたろう》さんのところだよ」

「ああ、一番奥にお住まいの」

一年ほど前に越してきた家族である。

貞太郎は三十絡みの大工で、同じ年の頃の妻と、十を少し過ぎた男の子の三人で住んでいた。すれ違ったら挨拶《あいさつ》をする程度の仲である。

「半年前から家賃が滞《とどこお》っていてね。今日来たら蛻《もぬけ》の殻さ」

藤助は頭を抱えて溜息をついた。

「昨夜の内ってことですかね」

「そうだろうよ。何か見かけなかったかい？」

昨日は朝方から宵《よい》の口まで茂吉とずっと呑んでいた。夕刻に帰った七瀬は、まだ呑んでいたのかと目を丸くしていたものである。

流石《さすが》に過ごしすぎたか、そこから間もなくして二人して眠りこけ、目を覚ました時には子《ね》の刻（午前零時）を回っており、長屋に帰ったのは丑三つ時を過ぎていたであろう。その時には何も異変を感じなかった。

そのことを説明すると、藤助は泣き顔になって言った。

「こっちは情けを掛けて待ってやったのだけど、最近は逃げ出す者が多過ぎるよ。私の親父の代はこうじゃなかったんだがねえ……」

「近頃は多いらしいね」

平九郎は内心で苦笑していた。裏で己《おのれ》はそのような者たちの片棒を担いでいるのである。

「これじゃあ私も御飯《おまんま》の食い上げさ」

「預り金は？」

長屋を借りる時、保証金としてまとまった金を預けねばならない。このような不義理した場合は、大屋がそれを全額没収してよい決まりとなっている。

「それが……それも受け取っていないのさ」

「藤助さん、そりゃあ人が好過ぎるぜ」

平九郎は呆れ顔で鬢《びん》を掻《か》きむしった。

「だって貞太郎さんたちは苦労していたから」

家賃を払わずに逃げた者に対して、まだ敬称を付けているあたり、藤助がいかに善人か解るというものである。

聞けば、貞太郎は怪我をして前の棟梁《とうりょう》の元を馘《くび》になったらしい。何とか傷は癒《い》えたものの、貯えは底を尽き、前に住んでいた長屋も追い出された。

江戸は火事が頻発していることで、大工は幾らいても足りないほどである。貞太郎の腕は良かったらしく、次の働き口もすぐに見つかるだろうと考え、藤助は快《こころよ》く家を貸したのだという。

「毎朝、弁当を持って出て行ったがねえ……」

貞太郎が早朝から家を出るのを何度も見ている。大工は職人の中でも実入りがいいほうだから、家賃くらいは簡単に払えるはずなのだ。

「それがね。働いていなかったのさ」

「え……じゃあ、どこに？」

「中間部屋《ちゆうげん》で日がな博打《ばくち》を打っていたらしい」

貞太郎は治療中に憂さ晴らしに始めた博打にのめり込んでいたようだ。働けるようになってからもその魔力から抜け出せず、遂には仕事を辞めてまで興じていたと、藤助は方々に聞き込んで知ったという。

「かみさんや子どもは？」

「どうだろうね。たまには勝って金を入れていたらしいからね」

「たまにだろう」

「分かっていたのかもしれないね。でも……言えなかったのかもな。何もかもが壊れちまいそうでさ」

平九郎は妙に納得してしまった。

確かに親子三人、仲睦《なかむつ》まじそうに見えた。博打のことを咎《とが》めれば、それが一気に崩れてしまう。貞太郎の妻はそんな危惧《きぐ》を抱いていたのかもしれない。だからといって状況が改善する訳でもない。そこには女故の優しさと愚かさがあるような気がした。

「どうするんだい」

「もう江戸にはいないだろう。諦《あきら》めるよ」

藤助は自嘲気味に笑った。

優良な店子《たなこ》である平九郎へ、愚痴の一つも零したかったというのが本当のところであるらしい。藤助は思い出したかのように続けた。

「あちこちで聞いて知ったのだけど、貞太郎さんは良くないところから金を引っ張っていたらしい」

つまりは博打での借金が嵩《かさ》み、高利貸しに金を借りていたということである。

「どこで？」

「丹波《たんば》屋や大柿《おおがき》屋、木津《きづ》屋にまで借りていたようだ」

「木津屋っていえば、烏金《からすがね》だぜ」

朝、烏が鳴く度に利子が付くような日歩《ひぶ》の高利貸しのことをそのように呼ぶ。もっともそれは比喩《ひゆ》だとしても、その利子は一昼夜で一割と極めて暴利である。

売り上げが悪く仕入れに困った棒手振《ぼてふ》りのような日銭を稼いで暮らしている者や、あるいは見栄から遊び過ぎた吉原の客、賭場《とば》で負けが込んだ者などを狙《ねら》って貸し付ける悪徳金貸しである。貞太郎の場合もそのようにして金を借りたに違いない。

「大丈夫かね……」

藤助は己が負債を背負わされたことなど、早くも忘れたかのように心底心配している様子であった。

「木津屋は駒込《こまごめ》の元三郎《げんざぶろう》の出店。必ず追手を差し向けるぜ」

駒込の元三郎は、浅草の丑蔵《うしぞう》、高輪《たかなわ》の禄兵衛のような香具師《やし》の元締めであり、かなりの吝嗇《りんしょく》家で通っている。かつて平九郎は、依頼者を元三郎の追手から晦ませたことがあるが、辟易とするほどしつこかったのを覚えている。

平九郎はおろおろとする藤助の肩に手を置いた。

「自業自得さ」

「でも……お玉《たま》さんと圭太《けいた》が不憫《ふびん》でね」

　貞太郎の妻と子の名である。店子の家族の名まで藤助はしっかりと覚えている。

「藤助さんは優しいな」

「平九郎さん、くらまし屋って知っているかい？」

　唐突に名が出たので肝《きも》を潰《つぶ》したが、澄ました顔で答えた。

「聞いたことはあるね」

「何でも大金さえ積めば、どんな者でも逃がしてくれるって言うじゃないか。弾正橋の欄干の裏に文を貼り付けておくと会いにきてくれるとか。幾らくらい払えばいいんだろうね」

「あんたって人はどこまで、お人好しなんだ」

　呆れて二の句が継げない。掌《てのひら》でこめかみを叩きつつ続けた。

「俺の聞いた話じゃ、本人が依頼しなくちゃならないらしい。藤助さんが頼んでも無理だよ」

「そうか……じゃあ、無事を祈るしかないか」

　藤助は肩を落としてしまった。

「藤助さん。あんまり背負いこまないことだ。人の一生を背負うなんて誰にも出来やしない。もし、また貞太郎が頼ってきたら相談に乗ってやる。それでいいじゃないか」

「うん。そうだね」

藤助は大きすぎる己の良心を抑え込むかのように、ぎこちなく頷いた。

世の中の全てのことには明暗がある。人が今ある人生を捨てて姿を消し、やり直すということもそうである。上手く事を運べば当人たちはそれで満足しているかもしれない。しかし気付かぬところで誰かの優しさを踏みにじっていることもあるのだ。平九郎は項垂《うなだ》れてその場を後にする藤助を見て、改めてそう思った。

平九郎が荷を片付け、長屋に入ってようやく腰を下ろした時、跫音《あしおと》が近づいていることに気が付いた。どうやらこの部屋に向かっているらしい。

押し入れをさっと開けて刀を取り出す。町人の身形《みなり》で差す訳にはいかないが、刀を持っていない訳ではない。裏稼業をしていれば、身に危険が迫ることも多々ある。

「平さん！」

全身から力が抜け落ちた。赤也の声である。ただその声が慌てていることから、不測の事態が出来《しゅったい》したことが考えられた。

土間まで裸足で飛び降りて戸を勢いよく開け放つ。そこには菜売りの棒手振りに扮《ふん》している赤也が、息を弾ませて立っていた。

「どうした」

「大変だ。丑蔵の――」

「声が大きい。中へ入れ」

赤也を窘《たしな》めて長屋の中へと招き入れた。

「どうしたんだ」

改めて訊くと、赤也は息を整えて話し出した。

「丑蔵の野郎、やる気だ」

「何だと」

赤也が聞き込んだことによるとこうである。

丑蔵は事態が変わらないことに痺《しび》れを切らし、高輪の禄兵衛と事を構える覚悟であるらしい。

具体的には皆が寝静まった夜半、上津屋《こうづ》にひっそりと火を放ち、万次と喜八がそのまま気付かずに焼け死ぬならよし。目を覚ましたとしても二人が出て来たところを討ち果たすという計画を立てているという。

「何時だ」

「五日のうちだろう」

平九郎は違和感を覚えた。いくら万次と喜八が憎いからといって、暗黒街の雄である禄兵衛と真正面から事を構えるだろうか。

ともかく残された時間は僅かしかない。すぐに事を起こさねばなるまい。

「波積《はづみ》屋へは？」

「まだだ。まずは平さんにと」

「わかった。七瀬と合流するぞ」

頷いて行こうとする赤也を引き留めた。

「待て、俺は裸足だぜ」

先刻脱いだばかりの草鞋《わらじ》に足を置き、念入りに締めていく。その間、赤也はその場で足踏みをし、忙しなく身を揺らしていた。

三

昨日と異なり、材木商が店を開いたことで波積屋は日頃の繁盛を取り戻している。

平九郎は暖簾《のれん》を潜ると、板場の中にいる茂吉へ目配せをした。

「今日は混んでいるな。他にするよ」

茂吉はそれだけで急を察し、すぐに七瀬に呼びかける。

「七瀬、塩が切れそうだ。うっかりしていたよ。岡野屋《おかの》さんに借りて来ておくれ」

「分かった」

七瀬も意を察して軽快な返事をすると、客たちから軽い悲鳴が上がった。七瀬目当てでここに通っている客も多いのである。

「茂吉さん、女の一人歩きは物騒だ。俺たちも岡野屋へ行くから送っていくよ」

「平さん、すまないね。頼むよ」

我ながら自然なやり取りだと思ったが、背に多くの視線を感じて振り返った。客のうち何名かが嫉妬《しっと》と怒りが入り混じった目で見つめている。抜け駆けしやがってとでも言いたいのだろう。

店の外に出て来た七瀬に、平九郎は苦笑いを向けた。

「えらい人気じゃねえか」

「こんなにいい女だもの」

軽口で返す七瀬に、赤也は鼻を鳴らす。

「お前がいい女なら、世の女はみんな天女様さ」

七瀬は赤也の脇腹を肘《ひじ》で思い切り突き、真面目な顔付きで訊いた。

「何かあったの？」

「歩きながら話そう」

武家ならば女連れで歩くことは少ない。しかし町人ならばそれもさして珍しいことではない。宵闇《よいやみ》が迫る中、提灯《ちょうちん》も持たずに三人で連れ立って歩いた。

「と、いうことだ」

平九郎は風雲急を告げていることを語った。

「なるほど……丑蔵はえらく本気ね」

七瀬も同じ感想を持ったらしい。

「お前もそう思うか。持ち逃げした百五十両は大金だが、丑蔵の身代《しんだい》を揺るがすほどじゃねえ」

「裏があるんじゃない」

「例えば？」

「それは解らない。でも丑蔵が躍起《やっき》になるほどの何か」

「ふむ……赤也は何か聞き込んでねえか？」

脇腹を摩《さす》りながら苦悶《くもん》の表情を浮かべる赤也に話を振った。

「丑蔵が急いでいるってこと以外は分からねえな」

「役立たず」

七瀬はぽつりと零した。

「ともかく、こちらも急ぐほかねえ。七瀬、宿場を抜ける策は立ったか？」

「うん。でも少し高くつきそうなあれでないと……」

「この際、構わない。たとえ赤がでようともな」

平九郎は事態が変わり、依頼金より掛かりが嵩《かさ》もうとも、勤めはやり遂げねばならないと考えている。一度しくじって失墜した信用は、二度と取り戻すことは出来ないのである。

「八十挺使えばいけると思う」

「よし。いいだろう。その先、宿場で張っている奴らはどうする」

「それは赤也の腕の見せ所」

七瀬は一層声を潜めて策を告げた。

「なるほどな。任せとけ」

赤也はようやく身を起こして八重歯を見せた。

「よし。決行は明後日だ」

やはり胸に引っ掛かるものが残っている。少しでも不審な点があれば、徹底的に調べて上げて勤めに掛かるのが平九郎の信条である。そうでなければ己はともかく、赤也や七瀬まで危険に晒《さら》すことになる。

——明日、俺が当たるか。

平九郎はそう心に決めて、刻々と茜《あかね》色を失って藍に染まる空を見上げた。

四

「そろそろ危ういかもしれない」

起き掛けに喜八がそう呟《つぶや》いたので、万次は喉《のど》を鳴らした。

喜八の勘働きに救われてここまで逃げることが出来た。

「じゃあ、陣吾さんに言ってくらまし屋に繋いで貰ったほうが……」

丁度そのような会話をしていた時、襖《ふすま》が静かに開いたので万次は面食らって仰《の》け反《ぞ》った。そこに立っていたのはくらまし屋その人だったからである。

「どうやって……跫音も無かったのに……」

流石の喜八も驚きを隠せないようで茫然としている。

「御二方、晦ましは明日に決まった」

「じゃあ陣吾さんにもすぐに……」

万次が言いかけるのを、くらまし屋は手で制して声を低くした。

「今日は下の者も私がいることを知らない」

「え……」

上津屋は禄兵衛の本拠ともいうべき場所である。そこに誰にも知られることなく忍び込んだということか。

「静かに。一つ訊きたいことがある」

「何でしょうか」

万次と異なり、驚くことに喜八はすでに冷静さを取り戻していた。元々武士であった者と、そうでない者の胆力の差は、このような土壇場で顕《あらわ》れるものなのかもしれない。

「隠していることはないか」

「と、言いますと？」

「丑蔵は禄兵衛と争うつもりだ」

「なっ――そんな馬鹿な……」

万次は思わず荒らげかけた声を、くらまし屋に鋭い眼光で睨《にら》みつけられて潜めた。

丑蔵一家の内情は誰よりも知っていると自負する万次である。ここ五年で一気に勢力を拡大したが、それでも高輪の禄兵衛と事を構えるのは時期尚早であろう。仮にその勢力を数字に表したら、丑蔵一家が十だとするならば、禄兵衛は二十五といった具合である。まともにやり合ったならば、丑蔵一家の大半が命を落とすことになりかねない。

そう説明すると、くらまし屋は目を細めた。

「お前らが嘘をついているとしたら、此度《こたび》のことは無かったことにしてもらう。勿論、金は返す」

「そんな……」

万次は愕然《がくぜん》とした。藁《わら》にもすがる思いで依頼したのだ。ここで見捨てられたら、即ち死が待っている。

くらまし屋は再び尋ねた。

「丑蔵がここに火を放とうとしているのは事実。よほどのことがあるはず」

「あっしたちが憎いだけじゃあ……」

「いや別だろう。よく思い出せ」

万次が首を捻《ひね》って唸《うな》っていると、何か思いついたようで喜八が横から口を出した。

「万次さん、あれじゃあないでしょうか。木場《きば》の……」

「なるほど……あり得るな」

二人は視線を交わらせて頷き合った。当然ながらくらまし屋には何のことか解らない。

「仔細を聞かせろ」

「年に二、三度、丑蔵は木場で商いをするのです」

深川の南に位置する木場とは、その名の通り材木置き場である。江戸で度々起こる火事に備え、幕府がその材木を蓄えている場所こそ木場であった。

役所や寺院の再建に使われ、昨今巷《ちまた》で材木が不足しているが、ここの材木だけはそのような理由で庶民に出回ることはない。

「木場で商い……抜き荷か？」

くらまし屋がそう思うのも無理はない。幕府の役人が備品を横流しするという事件も少なくない。その手伝いをしているのかと考えたようだ。

万次は首を横に振り、一層声を潜めた。

「いいえ。売るのは人です」

「廓か？」

借金のかたに奪ってきた娘を、遊郭に売り飛ばすというのもよくある話である。丑蔵ほどの香具師の元締めともなれば、配下に女衒《ぜげん》も多く抱えていた。だが万次が言おうとしていることは、それとは似て非なるものであった。

「いいえ。女だけじゃなく、男もいます。そうだよな？」

万次は喜八に話を振った。

「ええ。こちらが人を用意して、多額の銭を受け取ります。多い時には一度に十人ほど。男女問わず、十歳にも満たぬ子どもから壮年まで。流石に老人はいませんが……」

「人買いということか」

人の売買は戦国の世には横行していたと聞く。だが江戸に幕府が開かれて以降、そのような話はあまり聞くものではない。散々悪事に手を染めて来た万次も、聞かされた時に耳を疑ったのをよく覚えている。

「はい。この商いは私どもを含め、五人の補佐役しか知りません」

「それが露見を恐れているということか」

「そうではないかと……」

「腑《ふ》に落ちないな」

くらまし屋は暫し考えた後、つらつらと話し始めた。

江戸で買い付けて何処《どこ》に売るというのだ。いくら江戸に人が溢れ、村に人手が足りぬからといっても、この商売は成り立たない。各地の田畑は荒廃しきっており、人を買うような大金を持っている村などあるものか。

これに似たことをしている平九郎はよく知っていた。もっとも平九郎の場合は無料で労働力を補ってやるというもので、そこに金銭の授受は発生しない。

仮にそうだとしても、欲しいのは労働力であり、男を売ればそれでよい。女は吉原に売ったほうが手軽で、なおかつ実入りもいいはずではないか。

「このことは禄兵衛には？」

「いえ……今の今まで忘れていました。この目で見た訳ではないので」

「どういうことだ」

くらまし屋は矢継ぎ早に尋ねてきた。

「あっしらは人を木場に連れて行った後、丑蔵と『売り物』を残してすぐにその場を立ち去ります。この商いだけは丑蔵一人でやるのです」

「ならば取引相手も解らないと？」

「はい。それなので失念しておりました」

万次は目を逸らすことなくくらまし屋を見つめた。

「そっちは何か知っているようだが」

「え……」

万次は勢いよく振り返った。喜八は観念したかのように深い溜息を吐いた。

「実は一度だけ商いの場に立ち会いました」

今から三月《みつき》前のことである。丑蔵が補佐役に帰るように命じた時、喜八にだけは、

――暫くしたら戻って来い。

そう囁《ささや》いたのだという。

「何で最も新参のお前に……」

流石に万次も妬心を抱いた。十数年来支えてきた己を差し置いて、喜八を立ち会わせるなど、どういったことか。そう思うとこれまでの人生が余計に虚《むな》しく、惨《みじ》めなものに思えてくる。

「万次さん、これには訳があります」

「訳？」

苛立《いらだ》っているからだろう。己が思うよりも声がとげとげしくなった。

「前回売った者たちの半数が、一月もせぬうちに病に倒れたらしいのです。それを相

手に咎められているとかで、丑蔵は酷く怯《おび》えていました……殺されるかもしれないと」

喜八は記憶を手繰《たぐ》るようにゆっくりと話した。

「だから勘働きのいいお前を手元に戻したという訳か」

万次は確かにそのような経緯ならばと得心したが、先ほど込み上げてきた虚無感は消えなかった。

喜八が元は武士で剣術を遣い、勘働きが極めて鋭いこと。丑蔵がそれを重宝していたこともくらまし屋にはすでに伝えている。

「側に侍《はべ》り、殺気を感じたならばすぐに報せろと。逃げるまでの時を稼げとも命じられました」

喜八は丑蔵と共に相手が現れるのを待った。程なくして五人の男が現れたらしい。いずれも顔を布で覆《おお》っており、その相貌《そうぼう》は解らなかったという。

「その者らは何と」

くらまし屋は喜八の顔を凝視している。

「まず丑蔵が一人でないことを訝《いぶか》しんでおり、私のことも信用出来るのだろうなと念を押していました」

その時、丑蔵は何度も喜八を顧みて確かめてきた。しかし喜八は殺気が放つ特有の臭いを感じなかったという。男たちは連れて行った売り物を吟味すると、大金を丑蔵に摑《つか》ませた。

「何か特徴はあったか？」

「布で覆われていたので顔は判りません。髷《まげ》もすっぽりと隠していました。ただ……」

喜八はどうした訳か声を詰まらせた。

「何だ。隠さずに言え」

「中に三人ほど相当な手練れがいました。恐らく私ではどの者にも勝てない」

喜八は小諸《こもろ》藩の剣術指南役まで務めていた。その男がそこまで言うのだから、よっぽどのことである。

「他に何か特徴はなかったか。今回の依頼には直接関係ないだろうが、些細なことであろうとも、得られる情報は少しでも得ておきたい」

「いえ、特に……いや、一つだけ。訛《なま》りがありました」

「訛り？」

くらまし屋は鸚鵡《おうむ》返しに尋ねる。

「信濃《しなの》生まれの私には細かい違いは判りかねますが……あれは陸奥《むつ》か、あるいは出羽《でわ》の訛りだと思います。一人そのような男がおりました」

奥州の訛りは聞けばすぐにそれと分かる反面、陸奥や出羽のどこの訛りかを特定しにくい。他国人にはどれも同じように聞こえてしまう。

「その者らに、喜八が逃げたことを知られるのを恐れているのだろう。年に二、三度の取引で前回が三月前だとするならば、次回がもう差し迫っているということだ。それまでに喜八を抹殺して、病で死んだなどと言い繕《つくろ》うつもりではないか」

くらまし屋の見立てに、万次も同じ意見である。それほど日々のしのぎの中で、あの取引だけが際立って異質であった。喜八の見たものも合わせると、丑蔵が躍起になる理由もそれに関係しているだろう。

ただ万次はそれどころではなく、気が気でなかった。これでくらまし屋が納得したか否か。そのことばかりを考えている。

「お力添えして頂けるのでしょうか……」

万次は弱々しく言った。くらまし屋の実力には未だ懐疑的ではある。いくら今まで一度も失敗したことがないとはいっても、このような局面は初めてかもしれない。ただ、この男に頼るしか万次たちに道は残されていないのである。

「此度のことに関係はないようだ。段取りは変えず、明日に決行する」

「ありがとうございます……して、あっしらはどのように？」

「明朝卯《う》の刻（午前六時）、男が一人来る。肌の白い涼やかな目の男だ。その男の指示に全て従え」

くらまし屋はそう告げると早くも身を翻《ひるがえ》した。

「本当に大丈夫なのでしょうか」

万次は不安になって呼び止める。くらまし屋は首だけで少し振り返り不敵に笑った。

「気付かれずにここに来て、また気付かれずに出る。これを信用して貰うほかない」

くらまし屋は廊下へ出ると音も立てずに襖を閉めた。跫音《あしおと》も聞こえない。それなのに気配はすでに動き始めている。

あの男は妖《あやかし》の類《たぐい》ではないか。そのように思えてしまう。しかし妖にしては、些《いささ》か人間臭さも感じる。いずれにせよ、万次が今まで見てきた中にはいない種の男である。

――この際、妖でもいい。

無事に逃がしてくれれば、もうどうでもよくなっている。丑蔵には尽くしてきたつもりだったが、己は駒の一つでしかなかったと改めて感じていた。

今は己だけを必要とする誰かのために生きたいと、柄にもないことを願っている。

——お利根《とね》……。

心の中で呼んだ。それと同時にお利根の肉置《ししお》き豊かな躰《からだ》が思い出され、万次は自嘲気味に笑った。己にとって共に生きるとはその程度のことなのかもしれない。それでも嘘ではないと言い聞かせ、万次は自らを叱咤するように膝を打った。

五

丑蔵は盃《さかずき》を噛《か》むように酒を呷った。場所は魚屋の奥の一室である。ここは上津屋に近いということで、大金をちらつかせ、脅しも交えて借り上げた。自らもこの最前線に繰り出すほど焦っている。

毎日溺《おぼ》れるほどの酒を呑んだが、丑蔵は少しも酔わなかった。

——あいつら、生かしちゃおかねえ。

憤怒《ふんぬ》が腹の底から湧き上がり、歯ぎしりをする。まさか後足《あとあし》で砂を掛けられるとは微塵《みじん》も思っていなかった。何が不満だったのか、考えても未だに解ってはいない。

喜八は僅か五年で補佐役にまで抜擢《ばってき》してやったではないか。他の者が嫉妬するほど厚く遇してきたはずである。あのやくざ者の中において珍しい穏やかな男が、まさかこれほど大それたことを仕出かすとは思いもよらぬことである。

――万次が唆《そそのか》したか。

むしろ万次の離反のほうが、すんなりと受け入れられた。ここのところどこか虚ろな目をしていたし、殺しも嫌がるようになった。一昔前の万次なら考えられぬことである。どこかに女でもこさえたのではないか。朧気《おぼろげ》ながらそのような気がしていたのだ。

万次の代わりなど、掃《は》いて捨てるほどいる。それよりも喜八を失ったことのほうが痛手である。多くの者から怨みを買っている身とすれば、喜八の舌を巻くほどの勘働きは、非常に役に立つのである。

しかしこの期《ご》に及んでそのようなことを言ってはいられない。何としても二人を、いやこの際、喜八だけでも討ち果たさなければならない。

丑蔵が浴びるほど酒を呷っているのは怒りを収めるためではない。恐怖を紛らわすためである。

早く、次の取引までに何とかしないと、

――俺の命はねえ……。

のである。それほど相手が大きな存在であることに薄々気付いていた。

人の売り買いを始めたのは三年前のことであった。ある日、下総《しもうさ》の呉服屋と名乗る男が丑蔵の元に訪ねてきた。曰《いわ》く、江戸に進出したいので丑蔵親分の庇護の下《もと》、適当な場所を見繕って欲しい。上手く取り計らってくれたならば、毎月多額の金を払うというものである。

旨味が溢れているこの件に、丑蔵は一も二もなく飛びついた。そしてあの男と対面したのである。

男は呉服屋と名乗るだけあって、大層質の良い友禅《ゆうぜん》の着物を着ており、帯も素人《しろうと》の丑蔵からみても庶民では到底買えぬ代物であることが分かった。相貌も穏やかであるが、ただ一点引っ掛かる点があった。

とても商人とは思えぬほど、冷たい目をしていたのである。裏の酸いも甘いも噛み分けてきた丑蔵は、これは真っ当な生き方をしてきた者の目ではないと直感した。

男は金右衛門《きんえもん》と名乗った。

「大きな商いです。人払いをしていただけますか」

配下の者に躰を改めさせたが、刃物の類はどこにも持っていない。そこまでしてから丑蔵は金右衛門と二人きりになった。

「実は、呉服の商いというのは嘘なのです」

金右衛門は出鼻からぬけぬけと言う。

「だろうな」

　丑蔵は負けじとすぐに返した。

「旨い話というのは嘘ではありません」

「旨い話には裏があるものだろう。総じて危険なことだ」

　得体の知れない男である。普通ならばすぐに引き取らせるところだが、金右衛門にはそうさせぬ奇妙な威圧感があったのである。

「丑蔵親分は縄張りを広げたいとか」

「そんなことはどの香具師も思っていることだ」

「駒込の元三郎《げんざぶろう》と揉めていて、金が入り用だと小耳に挟みました」

「誰から聞いた」

　金右衛門は裏の事情にかなり通じている。確かに元三郎と揉めてはいるが、あくまで水面下のもので、他の香具師さえもまだ勘付いていないのである。

「年に千両も夢ではない」

「何……」

「丑蔵親分の身代が大きくなれば、二千、三千と増えるおまけつきです」

　金右衛門は見えぬ大判小判を抱えているかのように諸手を広げた。

「どんな話だ」

丑蔵が思わず身を乗り出すと、金右衛門はぱたんと手を閉じた。

「大きな山です。まずやると了承して貰わねば話せません」

「そんな胡乱《うろん》な話に飛びつくほど、浅草の丑蔵は落ちぶれちゃいねえ。帰りな」

金右衛門は話が不調に終わったことが意外だったのか、ひょいと首を捻って立ち上がろうとする。

「では、この話。元三郎親分の元へ持っていくとします……」

「てめえ……」

丑蔵は凄んでみたが、腰を半ば浮かせた金右衛門は顔色一つ変えない。

「私としては誰と商いをしてもいいのです。それでは……」

「待て。聞こうじゃねえか」

「気が変わられたようで光栄です」

金右衛門はふわりと腰を落とし、静かに言葉を重ねた。

「人買いです」

「けっ。思わせぶりにしやがって。女衒か」

府外で娘を買い漁《あさ》っては吉原へ売る。いわゆる女衒と呼ばれる者たちを、丑蔵はすでに七人抱えている。

世の者たちは女衒など誰でも出来る賤職《せんしょく》と蔑《さげす》むが、決してそうではない。巧みに口説き落とす話術は勿論のことながら、淡々と事を進める冷酷な心を持ち合わせていなければならない。

人間誰しも少なからず情というものを持っており、粛々と遂行出来る者を見つけるのは容易ではない。大抵の者は二月もすれば、良心の呵責《かしやく》に堪えかねて音《ね》を上げてしまう。

借金取りのほうが、元はその者が借りた金、自業自得という感情が働くのか務まる者が多い。ともかく腕の良い女衒をそう簡単に見つけられる訳ではないのだ。

金右衛門は自らの膝を摩りながら、くすりと笑った。

「何が可笑《おか》しい」

丑蔵は眉を吊り上げて迫る。金右衛門はどこか己を小馬鹿にしているようにすら感じる。

「いや、金にならぬことをしておられるなと」

「いい加減に――」

「女衒など比べられぬほど実入りが良く、胸も痛まぬ商いです」

怒りがふっと消え、代わりに欲が頭を擡《もた》げた。金右衛門に心を操られているかのような不思議な心地になってくる。

「幾らで買うってんだ」

「そうですね……歳にもよりますが女ならば五十両。男でも二十両。女の子どもならば百両という値を付けても構いません」

「馬鹿な……」

丑蔵は憫笑《びんしょう》を浮かべた。遊郭に売るのとは比べられぬほど、途方もない良い額ではないか。

吉原に身売りすると大金が転がり込むと、素人は漠然と思っている。しかし実際の金額を聞けば、皆が驚くに違いない。

例えば十八歳の年頃の女で金五両二分、女として些《いささ》か薹《とう》の立っている二十四歳程度の者ならば二両二分。中には顔色が優れぬからといって一両三分で買い叩かれた例もある。最近廓に売った十九歳のかなりの上玉の者でも七両二分程度である。そんな大金を積んで買い取って、金右衛門はどうやって儲けを出すというのか。

それにもう一点、胸が痛まぬとはどういうことか。金右衛門は笑みを零しつつ言った。

「たった三年、働けば借金を帳消しにする。それだけでなく百姓で得られる十年分の金をくれてやる。そう言って集めてくれればよいのです」

「騙《だま》すだけじゃねえか」

丑蔵は興醒めする思いであったが、金右衛門はすぐさま否定する。

「いえ決して騙してはいません。私ども、約束は守ります」

「なんだと……そんなこと……あり得るはずがねえ」

ただでさえ相場の何倍もの値で買い取り、さらに約束を守れば借金を帳消し、俸給まで与える。そんな出来過ぎた夢のような話があるはずない。やはり己のことも騙そうとしているのではないか。

「親分、世の中にはそんな夢のような話があるのです」

金右衛門はこちらの疑念を見透かしたように囁いた。

「どこに売るってんだ……」

「それはご勘弁を。そうですね……まさしく夢の国ですよ」

にこりと笑う金右衛門を見て、丑蔵の肌が一斉に粟立《あわだ》った。

多くの悪人を見て来た。その中で学んだことがある。真の悪というものは、このような時、概して、

——笑う……。

のである。その笑い顔は、深淵の闇を貼り付けたかのように不気味であることも共通していた。

この男は一人ではない。かなり大掛かりな、そして大物が背後に控えていることもすでに感じていた。金右衛門はその末端に過ぎないだろう。

この種の悪は、ここまで話を聞いて断ることを許しはしない。それと同時に丑蔵にとっても大きな旨味があるのは事実であった。

「分かった。やろう」

「流石浅草の元締め。手筈《てはず》は全てお任せいたします。ただし、一つだけ……」

丑蔵は鼻の穴を広げて黙した。どのような条件が飛び出すのかと内心恐れており、丹田《たんでん》に力を込めて待ち構えているのだ。

「我らの仲間に会うのは、信の置ける配下のみにして下さい」

「なんだ、そんなことか」

ほっと胸を撫で下ろした。

この件において、人集めこそ配下を使わねばならないが、金右衛門らと顔を合わせるのは己のみにしようと考えていた。

そもそも配下のことなど微塵《みじん》も信用していない。これほど旨味のあるしのぎである。金右衛門と直に繋がられてしまえば、寝首を掻いて、このしのぎごと乗っ取ろうと算段する者がいるかもしれない。そこまでする度胸はなくとも、敵対する香具師の元締めを手引きして奪いに来る可能性もあるのだ。

「それならばよいのです」

金右衛門は満足げに二度、三度頷きつつ言った。

「念のために訊いておくが、信用出来ない者を引き合わせた場合はどうなる」

「それは困りましたね。万が一その者が逃げたりすれば……消さねばならない」

「その者をか？」

金右衛門はそっと自らの頰を摩った。丑蔵には、それがまるで手で笑みを維持しようとしているかのような所作に見えてしまった。

「親分も含め、全てを」

その時、丑蔵は背筋に強烈な悪寒が走ったことを覚えている。故に誰も取引現場には来させず、「商い」を続けて来たのだ。

しかしこの時の恐怖が鮮烈過ぎた。斡旋《あっせん》した「売り物」が不良品ばかりであったことで、命の危険を感じ、勘働きに優れた喜八を連れて行ったのが運の尽きであった。

六

――喜八だけは何としても……。

ここのところ丑蔵の頭にはそのことしかない。

酒が生臭かった。この店は魚屋として長年に亘《わた》って生物を扱ってきただけあり、畳の目にまで魚の臭いが染み付いている。魚屋の主人は気付かないのだろうか。鼻が慣れてしまえば臭わぬものなのかもしれない。

己はどうであろうか。己の場合、臭いは感じていた。相手は相当な悪と分かっていたつもりである。悪臭と知りながら餌《えさ》の魅力に抗《あらが》えなかった。これも一種の慣れが生み出したものなのかもしれない。

そのようなことを考えると、丑蔵は忌々《いまいま》しくなって舌打ちをし、何本目かの徳利を傾けた。その時である。子分の一人が血相を変えて飛び込んで来た。顔が朱に染まっている。

「親分‼」

「動いたか⁉」

丑蔵は徳利を投げ出して片膝を立てた。

「それが……」

子分はしどろもどろになっている。丑蔵は立ち上がって急かす。

「早く言え！」

「何が何だか——」

「馬鹿野郎！」

丑蔵は苛立って子分の頬桁《ほおげた》を思い切り引っ叩《ぱた》いた。そして表へ向かって走り出す。この目で確かめたほうが早いと考えたのである。

上津屋までは一町も無い。すぐに辿り着いた。斜向かいの掛け茶屋に子分を数名配置している。その者たちは姿を隠すのも忘れ、往来に出て茫然《ぼうぜん》と上津屋を眺めている。

「何だこりゃ……」

駕籠《かご》である。駕籠が上津屋の前に付いているのだ。それも一挺や二挺ではない。数十の駕籠、その倍の駕籠舁《か》きが列を成して往来に並んでいるのである。子分が説明に困ったのも、これを見れば納得してしまう。

異常な光景に道行く人々も足を止め、これから何が始まるのかと好奇の眼差しを向けて野次馬と化している。

「どうなっている⁉」

丑蔵は長蛇の列を目で追いつつ、掛け茶屋の子分に怒鳴りつけた。

「今しがた、そこの辻を駕籠が折れて来たので、さては上津屋に付けて二人を逃がす算段かと思いやしたが……折れて来る駕籠がどこまでも切れねえんです」

指差す辻を見ると、まだ駕籠は続々と折れてきている。すでに駕籠の数は五十を優に超えていた。

これには辻に配していた子分たちも姿を現し、一様に阿呆のように口をあんぐりと開いている。何のためのものなのか、説明し得る者はこの場に誰一人としていない。

「禄兵衛め。どういうつもりだ！」

丑蔵は唾を飛ばして駕籠に駆け寄ると、駕籠舁きの一人の襟を摑んだ。

「てめえら、禄兵衛の野郎に何を頼まれた！」

「何だ⁉　禄兵衛って誰だよ。俺は上津屋に客を迎えに来いと頼まれただけだぜ！」

「嘘つけ！　こんな数あり得るねえ！　おかしいと思わねえのか⁉」

「嘘なもんか。駕籠賃は三倍に弾む。何を乗せるかは来てから話すから、余計な詮索《せんさく》はしない。決して約束の刻限に遅れないってことを条件にな。だいたい、てめえこそ誰だ⁉」

駕籠舁きが厳《いか》つい顔を近づけてきて、鼻息が顔に掛かる。

——まずい……くそったれめ。

駕籠昇きの数はすでに百を超える。同業の仲間が得体の知れぬ男に脅されたとあって、皆が駕籠を降ろして集まろうとしていた。中には手の指の骨を鳴らしつつ近づいてくる者もいる。

駕籠昇きという職は気性の荒い者が多く、同業の連帯感も頗《すこぶ》る強い。丑蔵が名乗ったところで、相手がやくざ者であろうが怯《ひる》むことはない連中である。

丑蔵は手を離して一旦引き下がった。駕籠昇きたちも上津屋の美味しい仕事を優先させようとしたのか、深追いはしてこない。

——どういうことだ。どういうことだ。

丑蔵は繰り返し続けた。これほどの駕籠に分けて乗せるものは何なのか。駕籠はまだ増え八十挺に到達するのではないか。上津屋の中に八十人もの客がいるとは到底思えない。

とすれば人ではなく物なのかもしれない。物だとすれば何か。金だけを先に送ろうとしているのではないか。焦れば焦るほど頭の中が混乱して、眩暈《めまい》がする思いであった。

上津屋の暖簾が中から押され、一人の男が姿を現した。

「夜討ちの陣吾！」

子分の一人が思わず口走る。

禄兵衛の片腕ともいうべき男である。陣吾が手招きをすると、先頭の駕籠が暖簾を潜った。大きな宿というものは駕籠を乗り入れられるように土間を大きく取っている。上津屋もそうした構造になっているのだ。

「親分、出て来た！」

暫くすると入った駕籠が勢いよく飛び出して来た。そしてそのまま北を目指して駆けていく。

「あれを追え！」

掛け茶屋にいた三人が追尾しようとしたが、丑蔵は重ねて叫んで押しとどめる。

「待て」

駕籠が出たと同時に、二番目に並んでいた駕籠が中へ入ったのである。そしてその駕籠もやはり飛び出す。そこまでは同じであったが、今度は南に向けて猛進していく。

この時には早くも三番目の駕籠が上津屋の中へと吸い込まれていった。

「そういうことか……！」

これがあと七十数回続く。店から出ると南北二通りの進行方向しかないが、その先からは道順を変えててんでばらばらの方角へ進むに違いない。

つまり大量の駕籠の殆どが誰も乗っていない偽装であり、その中の二つだけに万次か喜八のいずれかが乗っているということではないか。

「早く追わないと見失ってしまいます！」

これは掛け茶屋にいた子分ではなく、辻に身を潜めていた者である。この緊急の事態に丑蔵を見つけ、指示を仰《あお》ぎに集まってきている。

丑蔵は顔を顰《しか》めて思案した。この周辺に配した子分や雇い者は総勢五十名強、一人が一挺ずつ追いかけていっては数が足りず、見逃してしまう駕籠が出る。

加えて仮に追いかけた駕籠が当たりであったとしよう。乗っているのは「風の万次」と呼ばれた丑蔵一家随一の手練れなのだ。それは喜八であっても同様で、潜ってきた修羅場の数が桁違いである。食い詰めの雇い者など一蹴《いっしゅう》されてしまうだろう。

――禄兵衛か。それとも陣吾の入れ知恵か。

この際どうでもよいことが頭を過《よぎ》った。ともかくよく練られた策である。

「二人ずつで追え！」

すでに駕籠は四挺目である。何も対処が思いつかないからといって、見過ごす訳にはいかない。ともかく追わせておいて、その間に何か対策を講じなければならない。

その時、丑蔵の脳裏にふとあることが閃《ひらめ》き、上津屋から出て来る駕籠を凝視した。

「これも追いやすか⁉」

子分の一人が指差しながら問うた。

「いや、放っておけ」

「でも……」

「誰も乗ってねえ」

落ち着いてよく見れば、容易く見破れることである。大人一人の重さは約十六貫目（約六〇キロ）ほどである。万次はその程度であろうが、上背のある喜八ならばそれ以上、十八貫目（約七〇キロ）近くになろう。

そのような大人の男が一人乗り込めば、いくら屈強な駕籠舁きといえども、空《から》と比べれば相当に駕籠が沈むはずである。足取りも重くなるに違いない。

「今までの駕籠にはそれが一切見られなかった」

早口で説明すると、子分たちはなるほどと感嘆している。

六挺目。やはり駕籠に沈みは無い。足取りも力強い。駕籠舁きは集められた真の目的を知らぬようであった。演技させている訳ではなかろう。

野次馬たちは興味津々といった具合である。

首を捻りつつ、新たに人だかりに加わる者もいる。

「どこかのお大尽が上津屋に来たって話だぜ」

己が立てた予想を、さも正解かのようにしたり顔で話す者もいる。中には、

「上津屋！　これは何だってんだ！」

などと、真相を知るのに痺れを切らし、上津屋に向けて声を張り上げる者もいた。

そのような喧騒も丑蔵の耳には入らない。暖簾から姿を見せる駕籠だけに集中していた。

七挺目が飛び出す。これも今までと何ら変わりない。そもそも八十程の駕籠があるのだ。こんな序盤《じょばん》に乗ってくることはあるまい。

いや、油断は出来ない。その裏を掻いてくるという場合もある。丑蔵は目を皿のようにして注視していた。

八挺目が出た。これは今までのものに比べ、駕籠の底と地の距離が近い。確実に沈み込んでいる。よく見れば駕籠舁きの腕も隆起しており、こめかみにも青筋が浮き出ていた。

「これだ……どちらかが乗っている。十人で後を尾《つ》け、裏道に入ったら襲え」

子分は雇い者を九人見繕《みつくろ》うと後を追っていった。

――誰だか知らねえが、猿知恵だったようだな。

丑蔵は鼻を鳴らした。

駕籠の中は万次、喜八のどちらかは知らぬが、間もなく引っ捕らえられる。裏道とはいえ目撃者が出てしまうかもしれない。しかしそのようなことは、後でどのようにも握り潰せる。

あとは残る一人も見逃さなければ、この一件もようやく終息する。早くも安堵《あんど》しかけるのを戒め、丑蔵はにたりと笑い、上津屋の入り口を見つめ続けた。

暫く沈んだ駕籠は出てこなかった。十五挺目が出たところで、早くも先ほど追いかけて行った子分が走って戻って来た。捕らえた万次か喜八を他の者に任せ、まずは己が報告に戻ったのだろう。

「親分！」

「おいおい。呼び方に気を付けろ」

野次馬の視線が集まっている。このような場で親分と呼んでしまうあたり、やはり頭の足りない連中である。いつもの丑蔵ならば激しく怒鳴り飛ばすところだが、目的を半ば達成しただけあって気分がよい。

子分は顔を真っ赤にしている。己の手柄を誇りたくて必死になっているものと思われた。丑蔵は褒めてやる気になって、穏やかに呼びかけた。

「どっちだ？　喜八か、それとも万次か？」

「それが――」

子分は振り返った。丁度、残りの者たちが辻から折れて来る。

「どういうことだ……」

「中には米俵が……」

二人がかりで抱えているのは米俵である。足がもつれている様子からみてもかなりの重さ、中は米ではなく砂であろう。

「謀《はか》られた‼」

丑蔵は地団駄を踏んで悔しがった。向こうはいずれ駕籠の沈みに気付くことも想定している。

たった今出て来た十六挺目は沈んでいるが丑蔵は躊躇《ためら》った。また砂入りの米俵かもしれない。続いて現れた十七挺目には沈みは無いように見えるが、もう自分の目も信じられなくなっていた。

「全て一人ずつ追いかけろ！　中に乗っていたら石に齧《かじ》りついてでも捕らえろ。捕らえた奴には五倍の金を払うぞ！」

八十ほどのうち五十数挺までしか調べることは出来ないが、それに賭けるしか残された方策はない。一人、また一人と駕籠を追わせた。

しかしこれではそもそも解決にはならない。追い切れない三十挺に乗っていたならば、むざむざと見送ることになってしまう。何とも突飛で大胆な策だが、これを思いついた者は相当な知恵者である。

丑蔵はもう苛立ちを隠そうともせず砂を蹴り上げた。もうこの場ではどうしようもない。何か次の一手を打たねばならぬ。大きく息を吸い込んで気を落ち着かせた。

——いい気になりやがって。見ていろ。必ず捕まえてやる。

己もこの地位を築くまで多くの修羅場を乗り越えてきた。一瞬の判断で九死に一生を得たこともある。このような時こそ冷静にならねばならないことを知っている。

「要次《ようじ》郎《ろう》、俺は浅草に戻る」

そう脇に侍る要次郎に言いつけた。万次、喜八を欠いて残る三人の補佐役の内の一人である。

「へい。いかがしましょう」

「駕籠を改めた者がここに戻れば、浅草へ報じろと」

「わかりやした」

万次のような胆力、喜八のような冷静さはないものの、要次郎は要領がよく呑み込みが早い。受け答えにも淀みはなかった。ここらが下っ端と補佐役の違いである。

「ここから八人割いて、二人ずつ品川と板橋、千住、高井戸宿に向かわせろ」

「宿場で捕らえるってことですね」

すでにこれらの宿場には人を配してある。加えて道中奉行にはたっぷりと銭を掴ませており、麾下《きか》の同心を宿場に配置するように頼んであった。名目としては、

――凶悪な人殺しが江戸を出ようとしている。逃さぬようにして欲しい。

というものである。道中奉行がどこまで信じたかは分からないが、「快く」了承してくれていた。

「人殺しは駕籠に乗って逃げている。全ての駕籠の中身を改めて下さい……とな」

「奴ら結局は袋の鼠とも知らねえで、お気楽なものですね」

要次郎は機嫌を取るかのように微笑んだ。

「俺は浅草で指揮を執る」

「捕まえたら勿論、何か動きがあったら報じます」

要次郎は足の速い者から順に八人選抜すると、それぞれの宿場に割り当ててすぐに

走らせた。

今も上津屋からは引っ切りなしに駕籠が出て来ている。沈みが深いものから浅いものまで様々であるが、最早そのようなことなどどうでもいい。奴ら忘恩の徒はいずれかの宿場で捕まる定めである。

そこまで考えて丑蔵ははっとした。やはり冷静になるものである。ある可能性を見逃すところであった。

「要次郎、ここの見張りは絶やすなよ。この馬鹿みてえな駕籠行列そのものが、目眩《めくらま》しってこともある。駕籠を追って見張りが去った後、ひょいと飛び出すかもしれねえからな」

「なるほど……流石、親分だ」

要次郎が舌を巻くのに、丑蔵は満足して歩み始めた。

浅草の本拠に戻って朗報を待つつもりである。止めどなく流れ出る駕籠を横目で見て、精々遊んでいろと鼻を鳴らした。

七

上津屋から十五町（約一・六五キロメートル）離れた掛け茶屋で、平九郎は茶を啜《すす》りつその時を待った。八十挺の内、本命の駕籠はこの前を通ることになっている。

茶のお代わりを頼んだ矢先、駕籠が辻を折れて来るのが見えた。

「茶はもういい。代金はここに置いておくぞ」

平九郎は娘に言うと、刀を腰に捻《ね》じ込んだ。今日は武士の身形をしている。藍鼠色《あいねず》の着流しに、黒羽織。どこぞの大名の上士か、中堅の旗本といった装いであった。

平九郎は駕籠の後ろを注視した。丑蔵の配下の姿は認められない。

――七瀬の策が上手く嵌《はま》ったようだ。

一昨日、茜空の下、共に歩を進め、策を説明する七瀬を思い出した。

「見張りは五十強。それの五割増し以上の駕籠、八十挺ほど用意して欲しい」

事前に用意していた幾つかの脱出法の中で、七瀬が最も金が掛かるが、同時に最も成功率が高いと断定したのがこれである。

「まず、丑蔵は必ず駕籠を追えと命じるはず」

それで数名削れたならば上々であるが、これが駕籠を空で移動させ、その中に本命を混ぜるとすぐに見破られるであろうということも織り込み済みである。

「数が足りないから、丑蔵は焦る。そうなればきっと、駕籠の沈み方を見るはず」

七瀬の予想では、駕籠が人の重さで僅かに低くなることに着目するという。

眼前を通り過ぎる駕籠を追わなくなれば、それを見極めようとしている証である。しかし上津屋の中にいては、こちらから丑蔵らの動きを見ることが叶わない。

「あんたが見るの。野次馬として」

七瀬が言うと、赤也は己の鼻にちょこんと指を当てた。

往来に人が溢れる日中、八十挺もの駕籠が並べば、きっと好奇心旺盛な江戸の庶民は、何事が起こったかと集まってくるに違いない。その中に若旦那風に変装させた赤也を紛れ込ませる。そして、その時が来たら、

──上津屋！　これは何だってんだ！

と、叫ぶのである。

これを合図に、事前に用意した米俵を乗せた駕籠を出発させる。この米俵の中は砂であり、まさに大人一人分の重さになっている。

「丑蔵はきっとこれを多くの人数で追わせる。万次も喜八も手強いからね」

七瀬は自身の策を誇る様子もなく淡々と話した。

「この次の駕籠が本命って訳。必ず上手くいく」

赤也が細い眉を八の字にして尋ねた。

「でもよ、まだ追えるだけの人数が残っていたらどうする。次も沈み込めばまた追わ

れちまうぜ？」

「大丈夫。心配ない」

七瀬はそこから声を一層潜めたものである。確かにそれなら上手くいくと平九郎も納得した。

その七瀬は駕籠が目指す板橋宿の手前で、すでに用意を整えて待ち構えており、後に合流する段取りになっている。

駕籠がすぐ傍まで近づいて来た。やはり追手はいない。代わりに駕籠を追って赤也が辻を折れて来た。その恰好は平九郎と同じく武士の装いである。

目の前を悠然と通る駕籠を見送った後、平九郎は赤也と並び立つように走った。

「上手くいったぜ。流石、七瀬だ」

赤也は足を動かしつつ片笑《かたえ》んだ。いつも喧嘩ばかりしている二人であるが、それぞれの力量を大いに認め合っているのは間違いない。

「お前こそ、よくこれほどの遅れで済んだな」

身形を若旦那から武士へあっという間に着替えたということだ。着物だけでなく髷まで変えるのだから、通常ならば相当な時を要する作業である。

「早着替えも餓鬼の頃から仕込まれているからね」

着物は予《あらかじ》め中に仕込んでおり、帯も二重に締めていたという。では髷はどうかというと、赤也得意の鬘《かつら》である。蟬《せみ》が殻から抜けるように全てを一枚剝《は》ぎ、そこに羽織を引っかけ、竹光を差して武士の出来上がりという訳だ。

「上手いもんだ」

「平さん、詰めが甘いよ。これを腰に挟んでおきな」

赤也は懐から手拭いを出して差し出した。武士は役目に就いている時、腰に手拭いを挟む。こうすれば誰も無用に話しかけてはこない。細部にまで拘《こだわ》るのはさすが変装の名人といえよう。

「すまねえな」

平九郎は手拭いを受け取ると、素早く腰に手挟《たばさ》んだ。

「さて、ここからが山場だな」

赤也は前を見据えると、親指で鼻を軽く弾いた。

「脚は持つか？」

板橋宿まではそう遠くはないが、一応念を押して訊いてみた。平九郎は脚に自信があるのだが、赤也は人並の脚だと知っているのである。

「この速さなら問題ないさ」

駕籠は決して速くはない。急ぐ必要もないのである。ゆるゆると行く駕籠に、宿場の近くまでは付かず離れず後を追うことになっている。

「きつくなったら言え」

「心配ご無用でござる」

赤也は急に口調を変えた。声色まで別人に変じている。丁度どこかの婆様とすれ違ったのである。それを警戒して即座に「武士らしく」したのである。どこか抜けているようで、やはり赤也はこと変装にかけては抜け目が無い。

「左様か」

平九郎も見習ってそれらしく応じて苦笑した。

第四章　道中同心

一

——いつまでここにおらねばならんのだ。

道中奉行麾下《きか》の同心、篠崎瀬兵衛《しのざきせへえ》は番小屋に腰を据え、人の往来が激しい宿場の目抜き通りを茫《ぼう》と眺めていた。今のところそれらしい者はいない。

道中奉行は四人、時と場合によるがそれぞれに与力二騎、同心十名が付けられている。瀬兵衛もそのような道中同心の一人であった。

江戸近郊を担当する上役の道中奉行から、

「内藤宿に行き、全ての旅人を確かめよ。人殺しが江戸を出ようとしている」

と、命じられて板橋宿に派遣されたのは十日前のことであった。

板橋宿は中山道六十九次のうち日本橋から数えて一番目の宿場であり、川越《かわごえ》街道の起点にもなっている。

宿場内に住まう人の数は二千人を優に超え、建物の数も六百に届かんとしていた。参勤に武家が使う本陣は仲宿《なかじゅく》に一軒、脇本陣は三軒が設けられ、旅籠《はたご》の数も五十を数える。

他にも茶屋や酒場が建ち並び、旅人のみならず見送りの者相手に大いに賑《にぎ》わっており、飯盛女《めしもり》と呼ばれる宿場女郎目当ての客も多い。板橋宿とはそのような、一番目にして中山道有数の大宿場であった。

方々から我が店に呼び込もうとする威勢の良い声が聞こえ、饂飩《うどん》屋からは芳《かんば》しい出汁《だし》、茶屋からは甘い餡《あん》、男を追う飯盛女からは白粉《おしろい》、様々な匂いが入り混じり旅人の交錯を彩っている。

両脇に十五町に亘《わた》って町並みが続く、南北に延びる大通りがある。そこに面した番小屋に瀬兵衛は鎮座し、往来を眺めているのである。

ここ数日に関しては脇道から抜けることを許さず、一度はこの往来に出なければならないように人を立たせており、見逃すことは有り得ない。

――怪しいものだ。

瀬兵衛は心の中で零《こぼ》した。

人殺しに網を張るなどと言えば、若い同心ならば大層気負うのみで、それ以上深く考えることはないだろう。しかし四十を目前に控え、何人もの道中奉行の下で働いて来た瀬兵衛は、この話が眉唾《まゆつば》ものであると見破っている。

まず人口が多い江戸では人殺しなどは日常茶飯事で、一人を追うために宿場で網を張りなどしない。そもそも町奉行や火付盗賊改方の連中は極めて優秀であり、下手人の多くは宿場に辿《たど》り着くまでに捕縛されてしまう。

仮に宿場で押さえようとしても、宿場には名主《なぬし》、問屋、年寄を三役とする宿役人《しゅくやくにん》がおり、それで十分事足りる。己《おのれ》のような同心が派遣される真相は、

――奉行殿は誰かに便宜《べんぎ》を図っている。

ということである。

宿役人は公式に認められた役目とはいえ、町人が務めている。「誰々を抜けさせろ」という命《めい》ならばともかく、「誰々を止めろ」ということに関しては不安が残るのであろう。

奉行が賄賂《わいろ》を受け取るのは珍しいことではない。道中奉行のみならず、様々な奉行が受け取っているのは最早公然の事実である。

中でも長崎奉行などは抜け荷を見逃すことで、多額の賄賂を受け取っているとされ、一代務めれば孫の代まで贅沢《ぜいたく》が出来ると言われる羨望《せんぼう》の職である。

　一方、道中奉行はというと、図れる便宜の種類が少ないため、賄賂の口はそれほど多くはない。あったとしても小粒である。だからこそ旨味のある話には、すぐに飛び付くことを瀬兵衛はよく知っていた。

「本当にここに来るのでしょうかね？」

　横で共に目を光らせている年寄が尋ねてきた。

「それは解らんな。他の宿場かもしれん」

　江戸近郊の品川宿、千住宿、遠くは甲州街道の高井戸宿にも同様の意を受けて、瀬兵衛の同輩が派遣されている。目的の者がまことに人を殺しているのか判らないが、道中奉行に袖《そで》の下を渡した者は、どうしても捕まえたい事情があるらしい。

「あの者、似ていませんか？」

　今度は問屋が、往来を行く旅人と人相書きを見比べつつ言った。

「違うだろう……一応詮議《せんぎ》するか。止めろ」

　瀬兵衛は年寄に命じた。

　捕らえなければならぬ二人の人相書きが届いている。一人は名を喜八《きはち》と謂《い》い、身丈《みたけ》約五尺七寸（約一七一センチ）、やや垂れ目の面長で、顎《あご》に黒子《ほくろ》があり、

　――本当に人を殺したのかねえ。

と、疑いたくなるような人の好さそうな顔の特徴が並んでいる。

もう一人は名を万次《まんじ》と謂う。こちらは約身丈五尺四寸（約一六二センチ）、角ばった輪郭に尖《とが》った眉《まゆ》。目が細く、鷲鼻《わしばな》で、何より右頬《ほお》に三寸ほどの傷跡と強面《こわもて》の特徴が多い。こちらは、

――いかにも人を殺してそうだ。

と、思えてくる。人相などあてにならぬ良い手本であろう。

たった今、問屋が見咎《みとが》めた男は前者に似ていると言えば似ているが、上背が五尺五寸（一六五センチ）に少し足らぬというところである。顔は少々変えられたとしても、身丈ばかりはどうにもならぬ。まずこれをもって別人であろうと思った。

案の定、取り調べても何ら怪しいところはなく、通過させる運びとなった。

「大掛かりなことだ。一体、幾らだ」

瀬兵衛はぼそりと呟《つぶや》いた。

「え？」

「何、こっちのことだ」

年寄が訊《き》き返してきたので、手を振って受け流した。

四つの宿場に同心を配し、徹底的に旅人を洗い出す。相当な賄賂があったことは容

易に想像できる。

それにこの宿場に複数の胡乱《うろん》な男たちが滞在している。いずれも道中奉行へ頼みごとをした者の意を受けているらしく、どれも手代や丁稚《でっち》のような商人の身形《みなり》をしているが、実のところはやくざ者であろうと瀬兵衛は見ていた。

宿場で見張り、おかしな者がいればすぐにその者たちに報せろと、奉行に申し付けられている。

——世も末さ。

天下の幕臣が金に踊らされて、やくざ者に報告する。その滑稽《こっけい》さを思って瀬兵衛は苦笑した。

「ちょいと、よろしいでしょうか」

丁度、考えていたところ、一味の頭領格の男が番小屋に近づいて来た。これは手代の装いである。

「何だ」

「今しがた江戸から繋《つな》ぎがきましてね。ここに来るならば間もなくということでございます」

「ほう……そこまで分かっているならば、町奉行に報せればよいではないか。きっと

「力を貸して下さるだろう」

　それが出来ない事情があることは察していながら、瀬兵衛は意地悪く言ってみた。

「篠崎様の手柄にして下さいな」

男は卑《いや》しい笑みを浮かべつつ答えた。

「まあよい。私は命じられたことをするまでだ」

嘘《うそ》ではない。瀬兵衛にはどうでもよいことだった。

上が賄賂を受け取り悪人に便宜を図っていようが、言われたことを恙無《つつがな》く行う。余計な波風など立てるつもりはない。それこそ面倒を増やすだけである。

「同じく報せてきたのですが、下手人はどうやら駕籠《かご》に乗っているようなのでございます。駕籠の中もお取り調べ頂けますよう、よろしくお願い致します」

「駕籠か。分かった」

駕籠で逃走を図るとは豪儀なものだ。逃げるほうも相当の金を掛けているらしい。

丁度半刻（約一時間）ほどして、一挺の駕籠が通りかかったので、宿役人に命じて止めさせた。形としては町駕籠であるが、目の細かい簾《すだれ》が掛かっており、中に人が乗っているのかも定かではない。

話の通り凶悪な男だとするならば、飛び出して暴れることも考えられ、今度は瀬兵衛も重い腰を上げている。

「道中奉行配下、篠崎瀬兵衛と申す。ただ今、当宿場で取り締まりを行っている。どなたかは心得ぬが駕籠を降りて面相を改めさせて頂きたい」

瀬兵衛は出来るだけ柔らかく呼びかけた。駕籠に乗っているのが江戸の富商であったりすれば、上つ方との繫がりも深く、これもまた厄介《やっかい》なことになる。丁寧に問うのが正解であろう。

「急いでいるのですが……」

男の声である。長年の酒によるものか声に掠《かす》れがある。これならば決して若くはないと見た。

「問答は無用でござる。いかなる者でも改めろと命じられています」

「はあ、解りました……」

そう返答があったもののどうも煮え切らない様子である。手間取っている素振りか、駕籠は揺れるが、なかなか降りてこようとしない。

――訝《いぶか》しい。

瀬兵衛はそう思うや否や、簾を勢いよく捲《まく》り上げた。中の男ははっとした表情となっていたが、どうも人相書きの顔とは似ても似つかない。

「脚気《かっけ》を病みましてね……脚が悪いのです」

なるほど脚を摩《さす》りながら立てているところであった。脇には杖もしっかりと置かれている。

「左様ですか。それは失礼した……そのままでよろしいので、二、三問わせて頂いてもよいかな?」

「はいはい。何なりと」

「どこに向かわれるので?」

「この先の蕨《わらび》宿までででございます」

簾を年寄に持ち上げておくように命じると、瀬兵衛は中の男に質問をした。

男は飯田町の唐物《からもの》屋であり、若い頃に世話になった者が亡くなったと聞き、線香を上げに駆け付ける途中であったらしい。

瀬兵衛は舐《な》めるように見たが男には何の変哲もない。足もやせ細っており、普段からもそう歩いていないことが見て取れた。他にも質問を投げかけたが、男は顔色も変えずに即答する。

「疑念は晴れました。気を付けていきなされ」

「ありがとうございます」

男が腰を曲げて礼をするのを見届けると、簾を下げるように命じた。

瀬兵衛は決して無能ではない。むしろ同心としては優秀で通っていた。ただ上の不正を問い質《ただ》すほどの気概を持ち合わせていない。命じられたことを完璧にこなせばよいと考えている。

二

瀬兵衛が番小屋で一息ついて半刻が過ぎた頃、また一挺の駕籠がやってきた。これもやはり簾が掛かっている。二人の武士が駕籠の両脇についていることから、中は武家の者と推察出来た。

大名駕籠や公家駕籠以外には引き戸は認められず、元来町駕籠や辻駕籠は開けっ放しになっているものである。しかし町人とは商いに関しては知恵を絞るものらしく、戸を付けてならぬなら垂らしてしまえと、先ほどの駕籠もそうであるように、簾を備えた町駕籠が多出している。

「止めよ」

瀬兵衛は尻を浮かせつつ指示を出した。

ゆっくりと駕籠に近づいていき、年嵩《としかさ》と見た武士に名乗った。

「拙者は道中奉行配下、篠崎瀬兵衛と申す者。当宿場で取り締まりを行っております。いずれの御家中でございましょうや」

「信州高島《しんしゅうたかしま》、諏訪伊勢守《すわいせのかみ》の家中でござる。拙者は江戸詰めの藤浪平次郎《ふじなみへいじろう》、そちらは島岡新之丞《しまおかしんのじょう》でござる」

「ほう。諏訪殿の御家中ですか。失礼ながら簾を上げては頂けぬでしょうか」

「それは……何故《なにゆえ》」

藤浪と名乗った男は僅《わず》かに渋った。

「人殺しが江戸から出ようとしていると報が入り、ここで網を張っておるのです。ご協力願いたい」

「我らが下手人を匿《かくま》っていると？」

今度はもう一人の武士が口を開いた。眉目秀麗《びもくしゅうれい》な若侍である。

「いえ、そうは申しておりません。ただ当方もお役目なので、どうぞご理解頂きますよう……」

二人の武士は顔を見合わせ、何やら目で会話している。それが瀬兵衛には怪しく映った。

「何卒、宜しくお頼み申す」

瀬兵衛は慇懃《いんぎん》に重ねた。相手はいかに高禄といえども陪臣で、立場で言えば幕臣の己のほうが上位にある。だがそれを笠に着て上から申し付けるほど、瀬兵衛は愚かではない。何事も穏便《おんびん》に進めるに越したことはないのだ。

「上げて下さい」

突如、駕籠の中から声が発された。若い女の声である。

「しかし……」

二人の武士は躊躇《ためら》ったが、駕籠の声は先ほどより凛然《りんぜん》と命じた。

「よいのです。上げなさい」

「はっ」

年嵩の武士が簾をそっと持ち上げた。

やはり女であった。絹の小袖を着用していることから名のある武家の子女であろう。凛とした美しさを醸《かも》し出していた。

女は駕籠から降りようとしたが、瀬兵衛はそれを手で制し、改めて名乗った。

「そのままに。篠崎瀬兵衛と申します」

「諏訪家家老、諏訪主水《もんど》の娘、多紀《たき》と申します」

「ご家老の娘御でしたか。女手形をお願い致します」

幕府は、大名の妻子らが国元に逃げ帰ることを警戒しており、その為、江戸の外に出る女は幕府留守居が発行する女手形を携帯している必要があった。

「はい」

「拝見します」

多紀の差し出した女手形を、瀬兵衛は穴があくほどまじまじと見た。確かに留守居が発行したものに間違いない。瀬兵衛は少し顔を上げて尋ねる。

「これから何処へ」

年嵩が何か口を挟もうとするが、多紀は首を振って止めた。無用であるという意であろう。

「ここだけの話として頂けますでしょうか」

「事と次第によりますが……」

同心としてここで網を張っている以上、おいそれと安請け合いは出来ず、瀬兵衛は言葉を濁した。

「では命を取られても申せません」

多紀ははっきりと言うと、視線を外して前を見据えた。

——余程のことが出来《しゅったい》したのだ。

武家の女が命を懸けてでも言えぬということならば、家の一大事かそれに準ずる事態であろう。

「解りました。私の胸に納めておきます」

「篠崎様の武士の一分《いちぶん》に懸けてもよろしいでしょうか」

そこまで言われては瀬兵衛も引き下がることが出来ず、力強く頷いた。多紀は問屋、年寄らを順に見る。人払いをして欲しいと目で訴えているのである。

瀬兵衛は問屋、年寄に下がるように命じ、その後に改めて問うた。

「して、何処へ向かわれるのでしょうか」

「国元で一揆の兆《きざ》しがあり、すでに我が父は暴徒に討たれたという噂が、江戸藩邸に舞い込んで参りました」

「なんですと――」

「お静かに」

多紀は諸手を前に出して押しとどめた。瀬兵衛は声が高かったことを省みて、地を這《は》うが如く低く話す。

「高島藩でそのようなことが」

「各地で一揆や強訴《ごうそ》が起きているのはご存知でしょうか」

「はい。耳にしております」

数年前から天候不順や地震が重なったことで米の収穫が減り、各地で飢饉が起きている。それは収まるどころか今でも被害は大きくなり続けていた。瀬兵衛も道中奉行の同心という役目柄、旅人とも触れ合うことが多く、各地で多くの餓死者も出ていると聞き及んでいる。

高島藩諏訪家でも同じようなことが出来《しゅったい》してても何らおかしくはない情勢である。

「私は父の安否を確かめると共に、万が一のことがあればまだ幼い弟を後見しなければならず、急ぎ国元に帰る次第でございます」

多紀はつらつらと事情を説明した。気丈に振る舞っているがその手は小刻みに震えている。

「解りました。そのような次第ならばお急ぎ下され。お留め立てしたこと、平にご容赦下さい」

「ありがとうございます」

多紀は長い睫毛《まつげ》を伏せつつ礼を述べた。

駕籠が持ち上がり、供侍の藤浪、島岡も礼をして歩み始める。

「お待ちを」

駕籠が十歩ほど進んだところで、瀬兵衛はふいに駕籠を呼び止めた。二人の武士が振り返る。瀬兵衛はゆっくりと近づいていき、駕籠の中の多紀へ呼びかけた。

「今一度、よろしいか」

「はい……」

中からそろりと簾が持ち上げられた。

「先月、愛宕山《あたごやま》で頂戴《ちようだい》致しました御守りです」

瀬兵衛は懐《ふところ》から取り出した御守りをそっと差し出した。

「私に？」

「ええ。このようなことしか出来ませぬが……父上がご無事であればよろしいですな。御武運をお祈りしております」

瀬兵衛は少しでも勇気付けられればと口元を緩めた。

「痛み入ります。心強く思います」

多紀は御守りを戴《いただ》くように受け取ると、はらりと簾を下げた。

再び駕籠が動き出す。二人の武士も先刻より深々と頭を下げると、速足で立ち去って行った。

――ご無事であればよいが……。

瀬兵衛は駕籠が小さくなるまで見送っていた。

役目の上で大きな失敗は一度もないけれど、上役に何ら反抗せず、愚痴も零さずにいる瀬兵衛のことを、小役人を絵に描いたような男だと鼻で嗤《わら》う者がいることを知っている。瀬兵衛はそんな揶揄《やゆ》は気にも止めていなかった。

瀬兵衛は妻に惚《ほ》れ抜いている。妻のお妙《たえ》は今年二十四歳になり、己よりも十五も若い。その父は、瀬兵衛と同じ道中奉行の配下であり、大層世話になった先達であった。名を唸岡彦六《うなおかひころく》と謂う。

四年前、その彦六が些細《ささい》なことで旗本と口論になり、刀を抜いてしまったのがまずかった。相手の旗本は名の知れた一刀流の達人であったらしく、一太刀も交えることなく絶命した。

喧嘩とはいえ尋常な立ち合いだと判断されたが、男子がいないことで唸岡家は断絶し、二十歳になってまだ貰い手がつかなかったお妙が残された。

瀬兵衛は途方に暮れているお妙に、

——当家に嫁に来て下さらぬか。

と、求婚したのである。

決して情けだけではない。元々、心惹《ひ》かれていたのである。ただ想うだけに留めておいたところ、このような事態となったことで意を決したのだ。

お妙はすぐには了承しなかった。

「篠崎様にご迷惑が掛かります……」

そのように項垂《うなだ》れていたのをよく覚えている。彦六は先に刀を抜いておいて、一刀の下《もと》に斬り伏せられた。その光景を見ていた庶民は口さがなく彦六を馬鹿にし、同輩たちも陰で嘲笑《あざわら》っていることをお妙は知っていた。それで瀬兵衛に迷惑が掛かると思ったのであろう。

「そのようなことは気にしなくてよろしい」

瀬兵衛は何度もそう繰り返し、お妙も遂に折れた。それから四年、子こそ出来ないが仲睦まじく日々を過ごしている。

——もう二度と断絶の憂き目には遭《あ》わせられぬ。

瀬兵衛はそう心に決めている。故に上が如何《いか》なる要求をしようとも、逆らうことなく諾々と従っているのである。

先ほどの多紀が、己の妻と名の語感が似ていたからであろうか。父の無事を祈り、断絶の恐怖に耐える姿が、当時のお妙に重なって見え、柄にもないことをした。

あの御守りも役目に就く己の無事を祈り、お妙が愛宕山に参詣して貰い受けてきてくれたものである。それを手放したのは少しばかり心苦しかったが、きっとお妙も喜んでくれるだろう。

そのようなことを考えながら、瀬兵衛は豆粒のように小さくなった駕籠を見守っていた。

三

丑蔵《うしぞう》の苛立ちは限界を迎えていた。繰り返し畳に爪を立てたことで、畳表の藺草《いぐさ》がささくれ出っている。

「まだか！」

怒鳴ると、子分は肩をびくんと強張《こわば》らせて、表通りを確かめに走る。これで十数度目となる咆哮《ほうこう》である。

「まだ……のようです」

戻ってきた子分は先刻と全く同じ報告をした。丑蔵は徳利を摑んで壁に投げつけた。強烈な音が部屋に響き渡り、すぐに酒の香りが宙に漂った。

「どうなってやがる……丸一日経っているんだぞ」

駕籠の行列を見たのは昨日のこと。遅くとも夜には網に掛かるだろうと高を括《くく》っていたが、未だ何の報せも届いてはいない。

網を張らせている各宿場にも訊きに行かせたが、

「道中奉行は同心を派遣し、通行人は勿論、駕籠も中を改めていますが、それらしき者はおりません」

と、どの宿場からも判で押したような返答があるのみである。

では結局、上津屋《こうづ》に留まっているのではないかと、監視を続けている補佐役の要次《ようじ》郎《ろう》の元に走らせたが、こちらも一切の動きがないという答えが返って来た。

途中で駕籠を捨て、どこかに潜伏しているのではないかとも考えたが、それもあり得ないだろう。奴らもそれなりに顔の知られたやくざ者である。丑蔵が血眼で捜しているることは、他の香具師《やし》の元締めたちもすでに知っている。禄兵衛《ろくべえ》のように匿《かくま》うより、丑蔵に差し出して恩を売るほうが得策だと思う者のほうが多かろう。あるいは二人の金を狙う者がいてもおかしくない。

ともかく万次と喜八はその線も考えて人目を恐れるはずで、さらに幾ら大金を持っているとはいえ、それもいずれは尽きることも間違いない。一刻も早く江戸を逃れたいはずであった。

——まだ中に留まっているとしか考えられねえ。

丑蔵はようやく腹を決めた。

「出るぞ！」

猛々しく言い放ち、子分を引き連れて外へ踏み出した。上津屋に踏み込むつもりである。高輪《たかなわ》に辿り着くと、例の魚屋に入った。ここで要次郎が見張りの指揮を執っている。

「親分……まだ動きはありません」

要次郎は忌々しそうに唇を噛んだ。

「分かっている。踏み込むぞ」

「しかし……それじゃあ禄兵衛と事を構えるってことになります」

「二人で行く」

高輪の禄兵衛の勢力を鑑《かんが》みれば分《ぶ》が悪いのは重々承知している。討ち入りの如く大人数を引き連れて行けば、即抗争に発展しかねない。

そこで丑蔵は要次郎だけを連れて行くつもりであった。あくまで交渉に来たという態《てい》を取るのだ。

要次郎は喉《のど》を鳴らした。尻込みしているのだ。万次や喜八ならばこうではなかった。

万次ならば、

「行ってやりましょう」

と、即座に威勢よく答えるだろう。

また喜八ならば、昂ぶるでもなくさも当然といった様子で、

「分かりました」

と、陽炎《かげろう》のように立ち上がるに違いない。

殺しても飽き足らぬほどの裏切り者であるのだが、一方で惜しい人材を失ったと悔やまれた。要次郎もようやく深く頷いて立ち上がったが、やはりその顔は引き攣《つ》っている。

要次郎を後ろに引き連れ、丑蔵は上津屋の暖簾《のれん》を潜った。

「邪魔するぜ」

丁度、帳場の前で客と立ち話をしていた陣吾《じんご》と鉢合わせた。

「少々お待ち下せえ」

陣吾は客に笑顔を振りまきつつ言ったが、その目は笑ってはいない。陣吾は客を上手くあしらって帰らせると、丑蔵の前に進み出た。

「何の用件で」

「万次、喜八を出して貰いてえ」

「だからそのような御仁は――」

「五百両出す。売ってくれ」

陣吾が言うのを遮《さえぎ》って、丑蔵は言い放った。脇に控える要次郎は、提示した額の大きさに吃驚《びっくり》している。しかし陣吾はそれでも眉一つ動かさなかった。

「大金だ」

「ああ。売ってくれるなら、明日までに届けさせる」

陣吾は唇から息を漏らした。

「残念だがいねえのさ」

「御託《ごたく》はいい。いるのは――」

「中を改めても構わねえぜ」

今度は丑蔵が遮られる番であった。陣吾は顎《あご》を奥に向けてしゃくって見せた。

二人で捜すには限界がある。多くの手で念入りに確かめたかった。

「人を入れても?」

「構わねえ。ただし十人までにしてくれよ。それと泊り客が二人いる。掃除だなんだと暫く部屋を空けて貰う。それまでは待て」

「その泊り客ってのが万次や喜八……」

「そんな訳あるか。嘘と思うならここで一人見張っておけ」

陣吾は呆れたような調子で言った。

丑蔵は自分が居残り、要次郎に外で監視を続ける子分を呼びに走らせた。それが到着するのを待った上で、丑蔵は陣吾に促されて二階へ上がった。

「すみませんね。部屋を掃除したいのでございます。これでそこの掛け茶屋でも行っておくんなまし。終わりましたらすぐに呼びに伺《うかが》いますので」

陣吾は客にそう言いながら腰を低くし、掛け茶屋で待つには多すぎる銭を握らせた。

先ほどまで丑蔵に相対していた陣吾と異なり、宿の主人そのものである。

二人の客が上津屋を出たのを確かめると、陣吾は鋭い目を取り戻した。

「いいぜ。存分に捜しな」

「おい」

丑蔵の号令で子分たちは一階と二階に分かれて探索を始める。丑蔵は腕を組んで朗報が届くのを待った。陣吾は水瓶《みずがめ》から柄杓《ひしやく》で水を汲《く》み、喉を潤している。

「陣吾、何で急に家捜しを許した」

水を呑み終えた陣吾は腕で口を拭《ぬぐ》った。

「人相の悪い連中に宿の周りをうろつかれたら、客足も遠のいちまう。こっちも迷惑しているのさ。これで諦《あきら》めてくれるなら安いもんだ」

四半刻（約三十分）経っても二人は皆目見つからない。押し入れなどは当然捜しているし、壁に隠し戸がないかも念入りに調べさせた。竈《かまど》の中まで覗き込むほど、捜す箇所は無くなってきている。

「満足したかい？」

陣吾が尋ねてきたが、丑蔵は首を横に振った。

「まだだ」

「おいおい。畳まで引っぺがすつもりかい？」

陣吾は溜息交じりに言う。

「悪いか？」

「好きにしてくれや。ただし元に戻しておけよ」

そこから畳も剝《は》がして改めたが、やはり何も怪しいところはない。屋根裏に上ってみたが鼠《ねずみ》の死体が転がっているのみであったという。

半刻が過ぎたところで丑蔵はいよいよ焦った。

「どこだ？」

「だからいねえんだよ」

「お前らが匿っていることは知っているんだ」

陣吾はずいと踏み出すと、鼻と鼻が触れるほど顔を近づけてきた。

「こっちが甘い顔を見せたら付け上がりやがって。お前らが自分の目で確かめただろうが。これ以上難癖つけるなら、それはうちと事構えるつもりってことになるが……それでいいのか？」

流石《さすが》、禄兵衛が片腕とも恃《たの》む陣吾である。決して声は大きくないが、気迫が空気を震わせるようであった。これほどの男に対峙《たいじ》出来る者は、己を除いて万次や喜八しかいなかったであろう。

口惜しいことではあるが、陣吾の言う通りこれ以上の滞在は危険である。丑蔵は次の一手を思案することにし、子分に引き上げを命じた。

「邪魔したな。禄兵衛に詫《わ》びといてくれ」

奥歯を鳴らしながら丑蔵は言った。

「またお越し下さいませ。よい旅路を」

陣吾は腿に手を置いて礼をし、顔を上げるとにこりと微笑《ほほえ》んだ。狐狸の類《たぐい》と接しているかのような摑みどころのない笑顔に、丑蔵は大きな舌打ちを残して暖簾を撥《の》ね除けた。

四

宿場から出れば、すぐに両側に田園が広がる。先ほどまでの賑わいが嘘であるかのように静かで、小鳥たちの囀《さえず》りまではきと聞こえてくる。

田園を断ち割るように真っすぐに延びる街道を、急ぐでもなく駕籠は行く。先を急ぐ旅人が会釈を残して追い抜いていった。

高島藩諏訪家の上士、藤浪平次郎は再度振り返った。板橋の宿場から一里（約四キロ）ほど進んだが追手はない。尾行されている気配もなかった。

「そろそろ抜けたか」

藤浪平次郎こそ、堤平九郎《つつみへいくろう》の扮《ふん》した姿である。

「お姫様、いかがでしょうか」

戯《おど》けた調子で笑うのは、島岡新之丞こと赤也《あかや》であった。

「もう大丈夫だと思う。あとは浦和《うらわ》宿から大山道《おおやまみち》に入るだけ」

高島藩諏訪家家老、諏訪主水の息女多紀は、いや「くらまし屋」の七瀬《ななせ》は、揺れに合わせるかのように、駕籠の中から弾む声で答えた。

「様になっていたぜ。俺が言うんだから間違いねえ」

周囲に人通りがないことで、赤也は元の口調に戻した。演技達者の赤也から見ても、七瀬の振る舞いは板についていたということだろう。

「あんたと一緒。昔を思い出して肩が凝る」

「そうだろうね。お姫様」

からりと笑う赤也を横目に、平九郎は頭から爪先まで探るように見ていた道中同心を思い出した。

「宿場の同心……篠崎瀬兵衛と謂ったか。柔らかな口調だったが、なかなか油断の出来ねえ奴だった」

「ああ。これもお姫様の策が上手くいったな」

駕籠からにゅっと手が伸びて、揶揄《からか》う赤也を叩いた。痛がる赤也をよそに、七瀬は静かに語り始める。

「幾ら隠し立てしても僅《わず》かな『怪しさ』は滲《にじ》み出て、眼力の優れた者ならば必ず見破ってくる……」

七瀬は人の心の動きを見るのにも長《た》けている。これを知ることこそが兵法の神髄《しんずい》だと、もっともらしく語っていた。

「ならば敢《あ》えて『怪しさ』を前面に出せばいい」

七瀬は続けて言い切った。これが事前に示された策の肝《きも》であった。

宿場では鼠一匹逃がさぬ厳戒態勢が布かれていることは想定出来た。指揮する者が凡庸《ぼんよう》ならばいかようにもごまかせるかもしれないが、瀬兵衛のような優れた男だと僅かな異変を必ず感じ取る。

そこで「重大な秘密」を隠した一行を装うことにしたのである。それが高島藩での百姓一揆であった。実際にはそのような事態は起こってはいないが、昨今の情勢を鑑《かんが》みれば十分にあり得ることである。もしそのようなことがあれば、藩としても取り潰しを恐れて秘匿《ひとく》するのも当然といえよう。

「人というものは、自らの手で秘密を暴《あば》いたならば、その他のことは目に入らなくなるもの」

七瀬は駕籠の中から訥々《とつとつ》と続けた。

人は嘘をつかれれば敏感に反応する。優秀であればあるほどその傾向は強い。しかしそうした人物が嘘を見破った場合、それで得た「実《まこと》」をすっかり信じ込んでしまうというのだ。

例えば浮気を隠したい旦那がおり、妻は何か隠されていると疑っているとする。そこで旦那がでっちあげの借金の証文を葛籠《つづら》の中に隠し、妻が自らの手でそれを探し当てたとしよう。

自ら暴いた嘘なのだ。妻は借金のことは咎めようが、浮気のことなどは微塵《みじん》も考えないに違いない。そのような例を出して七瀬は説明した。

「なるほどねえ。参考にさせて頂きやす」

赤也はぺろりと舌を出してみせた。

「女手形も用意しておいてよかった。かなりしっかり見ていたもの」

七瀬は小さく息を洩らす。

「櫻玉《おうぎょく》の爺さんに、急ぎだって言ったら、ふんだくられたがな」

金を積めば、文書、手形、印章に至るまで精密に偽造してみせる老人である。これも裏家業の者と言ってよい。

「わっ――」

駕籠が大きく揺れ、七瀬は驚きの声を発した。駕籠舁きが躓《つまず》いたのである。

「大丈夫か？」

平九郎は駕籠舁きに訊いた。

「へい。すいやせん」

前の駕籠舁きが息を切らしながら詫びる。

「慣れねえと大変だろう。もう少しの辛抱だ」

今度は後ろの駕籠舁きが口を開いた。

「乗っていると気付きませんが、大変なものですね」

「何事もやってみねえと解らねえもんさ」

平九郎の表稼業である飴細工の同業者で、弟子を取って教えている者がいる。教えを乞うている弟子はというと、やはり何事も最初のうちは慣れぬようで、不恰好な失敗作を連ねているのを思い出した。

「蕨《わらび》宿に入れば駕籠を降りますね」

七瀬は申し訳なさそうに言う。

「大丈夫でさ。ようやく慣れてきたところです」

気合いを入れ直したか、意気揚々と答えた前の駕籠舁き、万次である。

「万次さんは板についている」

後ろの駕籠舁きは、虎口を脱したことでようやくゆとりが生まれたか微笑みを見せた。こちらは喜八であった。

これを丑蔵が知ったならば愕然《がくぜん》とするに違いない。上津屋から脱した時から、万次らは駕籠を担いでおり、丑蔵の眼前を悠々と通り過ぎていたのであった。

何故露見しなかったか訳は二つある。

一つは丑蔵が駕籠の沈みに着目し、それを見破ったために驕《おご》っていたことが挙げられる。だから敢えて駕籠を大人数で追わせた直後に二人を出立させた。

丑蔵は駕籠のみに注目し、駕籠舁きは目にも入らなかったことであろう。これも宿場の瀬兵衛と同様、自らが見破ったということで生まれる油断といえよう。

もう一つは駕籠舁きの顔である。万次や喜八とは相貌《そうぼう》が似ても似つかないのだ。これは早朝から上津屋に入った赤也が担当した。

赤也が変装の達人たる所以《ゆえん》、それは卓越した化粧の腕にあった。美しくみせるといった本来の目的の次元を大きく超えている。

まず粉白粉、水白粉、練《ね》り白粉の三種を駆使する。さらに細かく分けると、鉛白《えんぱく》を使った一般的な白粉のほか、水銀・食塩・水・赤土をこね合わせ、鉄釜で加熱して作る伊勢白粉もある。

他にも高陵石《こうりようせき》と澱粉《でんぷん》を混ぜ合わせたもの、赤也が独自に開発した石英の粉末と澱粉、さらに少量の米粉を練り合わせたものなど、質感の異なる様々なものを用いている。

さらに通常の化粧との違いは、それらが有色白粉だということである。それぞれの白粉に顔料を配合し、多種多様な色のものを用意している。

これを左官が漆喰《しっくい》を塗るように丁寧に顔に塗布していくのである。箇所により塗り重ねる厚さを変え、輪郭まで違うものにしていく。

仕上げに濃淡様々な紅で丹念に色を整えた頃には、別人が生まれるのだった。さらに赤也は自らの手で人毛を使った精巧な鬘《かつら》も編む。鬘の継ぎ目も肌に適した色の白粉で埋めれば、素人目では全く分からないほどであった。

赤也はこの技術を用いて十八歳のうら若き娘を、六十は優に超えた老婆に変装させたこともあるのだ。

「鏡を見て本当に驚きました。全くの別人がそこにいるのですから。黒子《ほくろ》も一切見えませんし……」

喜八はその時を思い出したか感嘆している。その顔は化粧により十は老け込んでいる。頬骨も突き出しており、元来喜八が醸し出していた気品のようなものは、一切失せていた。

「俺の古傷まで消してしまうんだから、大したもんさ」

万次は振り返って赤也を見た。

「万次さんのほうは、かなり手間が掛かったな。足すことは出来ても、削ることは出来ないんでね」

　赤也が普段から言っていることであった。練り合わせた澱粉で顔の部位を大きくすることは出来る。喜八のような瓜実顔は最も扱いやすいらしいが、万次のようなえらの張った顔は非常に苦労するらしい。

　その万次は黒の顔料を練った白粉、赤也が「黒粉《くろこ》」と呼ぶもので人相を変えてある。薄めの黒粉で日焼けを際立たせる。こうすれば顔が小さく見える効果があるらしい。さらに深い傷跡も目立たない。駕籠舁きに日焼けはつきもので、まったく違和感がなく仕上がっている。

　さらに顎の部分により色の濃い黒粉で影を作ることで、えらを目立たなくする仕掛けも施されていた。

「いや、大したもんだ」

　万次が頰を撫でようとするのを、赤也は慌てて止めた。

「触っちゃならねえと言ったでしょう。俺の化粧は繊細なんだ。汗をかいている今、触られたら崩れちまう」

　赤也は続けて喜八にも注意を促した。

「喜八さんはあまり汗をかかないようだが、それでも躰《からだ》が熱くなるだけで脆《もろ》くもなる。

気を付けてくれよ」

この二人を加えてよかったと、平九郎は改めて思った。己一人でこの稼業をしていた時よりも、晦まし方の幅が明らかに広がっている。

先に蕨宿が見えて来た。この先、上方へ向かうと暫くは鰻《うなぎ》を食せる店が無くなってしまうため、ここで「食べ納め」をしていく旅人が多い。

三年前、平九郎はこの宿場を通った。中山道を通って江戸へ出た時のことである。

その時の己は悲哀、憤怒、絶望といったありとあらゆる負の感情に染まっていた。

そのような状況でも人は生きていれば腹がすく。鰻を焼く香ばしい匂いに誘われてふらりと店に入ると、親の仇を討つかのように鰻飯を貪《むさぼ》り食った。その時、平九郎は己が僅かな希望を失ってはいないことを再確認したのをよく覚えている。

あの時のように鰻を焼く香りが漂ってきた。

――諦めるな。

三年前の己に呼びかけるように、今の己を叱咤するかのように、平九郎は青い空を見上げて心中で唱えた。

第五章　別れ宿

一

蕨《わらび》宿を通り過ぎて、浦和宿まで辿《たど》り着いたところで宿を取った。

浦和宿は板橋宿に比べれば小さく宿も少ない。食い物を出す店も伴って少なく、百姓の女が野菜を売る声、荷駄を引く馬子が口ずさむ馬子唄が、一層鄙《ひな》びた雰囲気を醸《かも》し出している。

ここで万次《まんじ》、喜八《きはち》の化粧を落とし、七瀬《ななせ》、赤也《あかや》も普段の恰好に改めた。駕籠《かご》の乗り台を外《はず》すと、二重底になっており、その中に着替えが納められているのである。

そもそもこの駕籠は、駕籠舁《か》きが持参したものではない。細かく分解したものを前日に上津屋《こうづ》に運び入れ、中で組み立てた代物であった。

つまり九挺目の駕籠が上津屋に入った時、それを一旦止めておいて、代わりに万次と喜八が担いだこの駕籠を外に出したのである。

その九挺目はどうなったかというと、八十挺全ての駕籠が出た後、八十一挺目として飛び出している。数が合わないことを不審に思う者がいたとしても、中には誰も乗っていないのだからどうしようもない。最早後の祭りである。

こうしてここまで万次らが担ぎ、七瀬が乗って来たこの駕籠も、浦和宿で二束三文の値で売り払った。

「ここからは手筈《てはず》通り」

翌朝を迎えて出立の直前、平九郎は七瀬に向けて言った。

「赤也と夫婦の振りをするなんて嫌になる」

七瀬は感情を一切取り払った無表情である。

「まあ、そう言うな」

平九郎が苦笑いして宥《なだ》めた矢先、赤也は憎らし気に言った。

「じゃあお前の取り分は無しな。俺と平さんで山分けだ。ああ、よかった。これで博《ばく》打《ち》の借金もきれいさっぱりだ」

「そうは言ってないじゃない。それにまず波積屋《はづみ》のつけを払いなさい」

「へいへい。文句ばかり垂れやがって」

二人は睨《にら》み合って首を同時に振った。

先に赤也と七瀬は江戸に帰す段取りである。駕籠は売り払ったため、今度は夫婦を装って歩く。板橋宿でまだ検問をやっているようならば、赤也が化粧を施して抜けることになっている。

江戸に到着したら赤也は丑蔵《うしぞう》の動きを続けて探り、七瀬は肇《はじめ》屋のお利根《とね》に接触することになっていた。お利根に事情を話し、得心すれば万次の元に合流させる。ここまでが今回の依頼の全容である。

赤也と七瀬は二人寄り添って江戸へ戻っていった。互いに文句を言い合う姿も、行き交う人には、犬も食わない夫婦喧嘩と見えるだろう。

平九郎は武士の装いを解いていない。万が一の追手に備えて大山道を二人と共に進み、府中《ふちゅう》まで見送って江戸に取って返すことにしている。喜八とはそこで別れ、万次は府中でお利根が来るのを待つという手筈となっていた。

出立前、喜八が申し訳なさそうに言った。

「この浦和で買い物をしてもよろしいでしょうか？」

「何を買う」

「実は……帰参を願い出ようと思っているのです」

喜八は小諸《こもろ》につき次第、旧主家に面会を申し入れるつもりであるという。喜八の出奔の事情は小諸の者は皆が知るところである。妻を気遣って度々足を運んでくれる元同輩もいるらしい。

その同輩によれば、御家老も喜八の剣術の腕を惜しみ、戻るならば再び家禄を与え、剣術指南役の役目にも復させると常々語っているらしい。喜八はこれらのことを妻からの文《ふみ》で聞き及んでいた。

「流石にこの恰好では目通りも出来かねます。質流れの安物でよいので、両刀と裃《かみしも》を求めたいのです」

「そういうことか」

「あと……娘に土産《みやげ》の一つでも買ってやれればよいなと」

喜八の娘は病床にあり、今も苦しんでいると聞いている。久方振りに会う父ならば、そのように思うことは痛いほど分かった。

「喜八はいいな。金が残っていてよ」

万次は羨《うらや》んでいる。二人とも七十両余の金を持っていたが、万次はお利根の「晦まし料」も含めて七十両支払った。一方の喜八は己《おのれ》一人のため五十両であり、二十両余がまだ手許に残っていた。

「四半刻（約三十分）待つ。早く行ってこい」

「ありがとうございます」

喜八は深々と頭を下げると、宿場の質屋を求めていった。

四半刻後、戻って来た喜八の腰には両刀が収まっていた。頭には菅笠《すげがさ》を被《かぶ》っている。右手には袢の入った風呂敷、左手には娘のために買い求めた薄紅色の風車が握られていた。

先日、浅草の仲見世で売り付けられた風車もそうだが、子ども向けの玩具の定番といえよう。

「元は武士だけあって様になるな」

万次が舌を巻いて誉《ほ》めそやすと、喜八は少々気恥ずかしそうにしながら、手の甲で菅笠をずらした。

「髷《まげ》は結い直さないといけませんがね」

町人の髷のまま刀を差すのはおかしく映る。それを隠すための菅笠である。

こうして全ての支度が整い、三人は連れ立って府中を目指した。

「万次、本当にいいのか？　甲州で田畑を耕す覚悟ならば、お利根も含めて受け入れてくれる」

道すがら平九郎は改めて尋ねた。

身を晦ましたいと願う者の多くは、今この瞬間を逃れたい一心で、その後のことまで考えていない者が多い。その者たちに新たな人生を歩ませるため、平九郎は各地に受け入れてくれる村を用意している。

昨今、飢饉《ききん》の影響もあって農村では人口の流出が著《いちじる》しい。多くは江戸に出て働き口を求めるが、事はそう簡単ではなく多くが職にあり付けず無宿者になっている。万次らを追うために丑蔵が雇ったのも、そのような者たちであった。

農村も飢饉だからと諦《あきら》めていても仕方ない。今年作付けを行わなければ、来年もまた飢饉に見舞われるだけである。とはいえ働き盛りが田畑を捨てて江戸に行くものだから、村を預かる庄屋たちは、ほとほと困り果てていた。

平九郎はそこに目を付け、各地の農村と密約を結んだ。

——人を帰す。

というものである。

平九郎が晦ました内、行く当ての無い者を農村に送る。農村ではその者を、田畑を捨てて一度逃散《ちょうさん》した者が、心を入れ替えて戻って来たとして迎える。謂《い》わば消えた百姓の戸籍と人生を、他人が乗っ取ることになるのである。

勿論他人であることを村人は知っているが、故郷を捨てた者を想うよりも、新たな労働力を得ることのほうが優先である。村ぐるみでその者を、逃げた者が戻ったとして扱うようにしている。

平九郎が密約を交わした農村の多くは、幕府直轄の天領である。代官の目も行き届かず、仮におかしいと思った者がいたとしても、村人全員が言い張るのだからどうしようもない。また代官や役人は百姓の顔など一々覚えていない。こうして平九郎は江戸を捨てた者に新たな人生を与えていた。

これは依頼者への優しさではない。自身の身を守るためのものである。くらまし屋は依頼者に七つの掟《おきて》を課している。その内、四項、五項、七項の三つはそれに関する項目であった。

四、決して他言せぬこと。
五、依頼の後、そちらから会おうとせぬこと。
七、捨てた一生を取り戻そうとせぬこと。

噂《うわさ》が蔓延《はびこ》っていることは良い。そうでなくては依頼も舞い込まない。しかし一度依頼をした者は別である。これらの掟を遵守《じゅんしゅ》させねば、くらまし屋の正体に迫る者が現れてもおかしくない。

そうなれば、例えば丑蔵が怨みの矛先をこちらに向けて来ることもあり得るのだ。これを未然に防ぐためにも、依頼者に安息の地を与えたほうが得策であった。

「田舎暮らしは性に合わねえからな……なに心配しねえでくれ。罷《まか》り間違っても江戸には戻らねえよ」

長年に亘《わた》って裏の道を歩んで来た万次である。くらまし屋の掟の意味は理解しているようであった。

「それならいい」

無理強《じ》いすることも決してない。万次にしろ、喜八にしろ、生きる目標を失ってはいない。そのような者たちは滅多に江戸に舞い戻ることはないのを知っている。

二

府中を目指す途中、喜八がふいに言った。

「この先、嫌な感じがしますね」

「例の勘働きってやつか」

平九郎も喜八の勘働きが優れていることを聞き及んでいる。それで幾度も難を逃れてきた実績があるのだから、あながち馬鹿にも出来ない。

「そっちの古道を行くというのはどうでしょうか？」

喜八は脇道を指した。大山道自体がそれほど大きな街道ではない。山林の中を行くようなものである。それでも四半刻に一度くらいは人ともすれ違う。

脇道のほうは昔使われていたようだが、本道に比べてさらに狭く、道にむけて両側から雑草が折り重なるように伸びていた。

「こいつの勘はよく当たるんです」

万次は力強い語調で付け加えた。

「分かった。そうしよう」

府中は間もなくである。このような時こそ気の緩《ゆる》みが生じるもので、念には念を入れるくらいで丁度よかろう。

道は険しくなったが、獣道というほど荒れてはいない。草こそ脛《すね》の高さで重なるものの、その下には踏みならされた道が続いている。土地の者がたまに行き来に使っているものと思われた。

より深い山林に差し掛かった。辺りは昼でも薄暗く、人通りは皆無である。それを恐れた訳ではなかろうが、万次が先ほどの話題を蒸し返した。

「捨てた一生を取り戻そうとする者などいるのかい？」

「ああ、それがいるのさ」

「へえ……俺には考えられねえや」

万次は路傍《ろぼう》の草を千切って口に咥《くわ》えた。

「一時の激情で逃げたいと思っても、逃げた先が自分の思ったものじゃあねえ時、元居た場所が恋しくなるらしい。人は勝手なものさ」

「なるほどな。俺はお利根が来なくても変わらねえ」

万次はお利根が来ると信じている。しかし万が一来なくてもそのまま大坂を目指すと断言した。

「いい心がけだ」

「女心は秋の空……だっけな？　変わることもあらあな。ましてや今の俺は、何にもねえ素寒貧《すかんぴん》だからよ……」

万次は口に咥えた草を吹き捨てた。それと時を同じくして鶯《うぐいす》が鳴いた。声は聞こえるが姿は見せない。まるでくらまし屋のような鳥である。

万次は山林の風を躰《からだ》全体で吸い込むように大きく伸びをすると、こちらを見て悪童のように笑った。

「あんたには感謝している。何もねえが……命はある。明日もある。それで十分満足しているさ」

「そう思えるなら、くらまし屋冥利《みょうり》に尽きる」

早くも万次は新たな一生に踏み出している。平九郎にはそのように見えた。

万次は少し先を鼻唄交じりで歩く。その足取りは軽いものであった。平九郎は万次の背から視線を外さず、ゆっくりと手を鞘《さや》に下ろした。

微かな金属音を耳朶《じだ》が捉え、風の震えを感じた。

瞬間、平九郎は腰間《ようかん》から閃光《せんこう》を迸《ほとばし》らせている。宙が破裂したかのような、甲高い音が辺りに響き渡った。鉄が擦れる特有の臭いが浮かんですぐに立ち消える。刀と刀が交わったのである。

「喜八……」

平九郎は押し切られぬようにと手に力を込める。喜八の抜き打ちが背に迫っていたのである。

「喜八！　どうしたってんだ⁉」

万次は一体何が起こったのか皆目理解出来ないようで、酷く取り乱している。喜八はさっと飛び退くと、両手で柄を握り正眼に構えた。

平九郎もゆっくりと刀を上げてゆき正眼へ移す。

「金が必要なのです……」

喜八は絞るように言った。

「お前……二十両残っているだろう⁉」

「それでは足りない。南蛮渡来の薬は目が飛び出るほど高価です。与え続けるには五十両はいる……」

「だからって何故くらまし屋を……」

万次は何とか矛を収めさせようと懸命に話し続ける。喜八から殺気は消えていない。隙《すき》を見てまた襲ってくるつもりであると、平九郎は看破《かんぱ》している。

「くらまし屋は大金を持っている。浦和宿でそれを見ました」

宿の支払いをした時に袋の中を盗み見たのであろう。依頼が終わるまではいかなる事態が起こるかもしれない。そんな時に最も頼りになるのはやはり金である。今も三十両を袋に入れており、さらに十両、胴巻きに仕込んである。

「喜八……止《や》めろ。金のことなら俺も手伝う。刀を納めてくれ！」

万次は必死である。平九郎に恩義を感じていると言った言葉に嘘《うそ》はないらしい。

ただ一点、万次は誤解している。喜八の抜き打ちを受けたのは偶然で、まともに戦えば平九郎に万に一つも勝ち目はないと考えている。喜八が小諸藩の剣術指南役を務めていた過去を知っていれば、そう思うのも無理はない。

「喜八、掟は覚えておろうな」

依頼者が守るべき七つの掟の内の一つ。

六、我に害をなさぬこと。

という項目に抵触《ていしょく》している。

「覚悟の上です。そして……あなたがかなり遣うことも承知している」

剣術に長《た》けた者は、刃を交えずともだいたいの力量を察するものである。喜八もまたとっくに平九郎の力量に気付いていたと見える。

「ならばよい……」

平九郎はそこで言葉を止め、細い息と共に囁《ささや》きかけるかのように言った。

「あの世に晦め」

「その話し振り……それが地金《じがね》ですか。元は武士ではないかと思っていました」

喜八は正眼をやや右に傾けた。話しながら誘い込むつもりである。

「詮索《せんさく》は無用だ」

平九郎も同時に鋒《きつさき》を左にずらす。

「それは……」

喜八からすれば、まるで鏡に映った己に対峙《たいじ》しているような錯覚を受けよう。

「直心影流《じきしんかげ》か。念流《ねん》も齧《かじ》ったようだ」

「何故それを……」

くらまし屋に七瀬は智謀で、赤也は演技力と変装術で貢献している。では始めた己は何なのか。

——全てを模倣《もほう》する。

これこそが平九郎の特技である。

喜八が見抜いたように、平九郎はかつて武士であった。

国元ではタイ捨流剣術が盛んで、平九郎も一頻《ひとしき》り学んだが、十五歳の時にひょんなことがきっかけで、とある男を師とすることになった。

男は鳥取藩《とつとり》に仕《つか》えていたが、隠居して甥《おい》に家督を譲り、自ら四十を超えて武者修行に出た変わり者であった。

——己を井の中の蛙《かわず》と知れ。人の学びに終わりはない。

耳にたこが出来るほど聞かされた師の言葉である。

見取り稽古というものがある。人の太刀筋を見て、己も真似るというものである。師はこれを昇華させ、戦いの最中でも人の技を盗み、即座に体現するということを教えた。

師は様々な流派を取り込んで発展させ、元の流派とは全くの別物となっていたが、生涯一派を立てることはなかった。その流派の元来の理念はこういうものだと、口辺の深い皺をなぞりつつ語ってくれたことがある。

「人の長けるを盗み、成長を止めぬ。今日のそれと、明日のそれは違う。それこそが井蛙流《せいありゅう》の神髄だ」

思い耽《ふけ》っていたからであろうか。己でも知らぬ内に、師が乗り移ったかのように呟いていた。

「井蛙流……」

喜八は口に出しつつ、上段へと移行する。その時には平九郎も上段に構えている。むしろ平九郎のほうが先に到達している。相手の僅かな筋の動き、重心のずれを見て先読みするのである。

「二人とも止めてくれ――」

万次が悲痛な声を上げて喜八に駆け寄ろうとした。平九郎は咄嗟《とっさ》に右手を柄から離し遮《さえぎ》る。その隙を逃すことなく、喜八は大きく踏み込んできた。

平九郎は万次を後ろへ押しやる力を利用し、喜八よりもさらに大きく踏み込む。その左手から刀は滑り落ち、丸腰のまま喜八へ向かっている。

平九郎は左手を雷撃の如《ごと》く走らせ、喜八の両手首を鷲摑《わしづか》みにするや、右手を脇差へと運び、小さな半円を描くように抜き放った。

「それは柳生新陰流《やぎゅうしんかげりゅう》の……」

喜八は大きく後ろへ蹌踉《よろ》めいた。胸元はざっくりと割れて肌が顕《あら》わとなっており、筋から沸々と血の珠が浮き出てきている。珠はやがて大きくなって繋《つな》がり、湧き水が出《い》でるかのように鮮血が流れ出た。

「この身には数多《あまた》の流派が宿っている……」

一度見て体現した技は躰が覚えている。その時に最も適したものを放つのである。たった今繰り出したのは、柳生新陰流の「無刀流二ノ太刀」という技であった。

喜八は膝《ひざ》から崩れ落ちた。その衝撃で腰に手挟《たばさ》んでいた風車が抜けて地に転がった。

「お時《とき》……」

喜八は風車に視線を送り、ぽつりと呟いた。娘の名であろう。

「喜八……喜八……なんて馬鹿なことを！」

万次が駆け寄る。元々気心の知れた仲ではなかったと聞いている。しかし一蓮托《いちれんたく》生《しょう》の逃亡劇の中で絆《きずな》のようなものが生まれていたのだろう。

「妻子のためならば鬼にでも、修羅にでもなれると言ったでしょう……」

喜八の口を血泡が濡らしていた。平九郎の一刀は臓腑《ぞうふ》まで届いている。喜八は間もなく絶命するであろう。

「それでもお前が生きていてこそじゃねえか！」

「万次さん……実は私はあなたを襲って独り占めしようとしていたのです。私こそ根っからの悪人ですよ」

喜八は血に濡れても、人の好さそうな顔で笑った。

「馬鹿野郎――」

万次は地を激しく叩《たた》いた。

「くらまし屋さん……」

喜八は膝を突いたまま見上げてきた。

「何だ」

「一つ嘘を吐《つ》いていました。私の本当の名は本間《ほんま》喜《き》一郎《いちろう》と謂います」

「それは俺と会う前に捨てた名であろう。俺は丑蔵一家であった喜八から依頼され、裏切られた。それだけだ」

喜八の顔に安堵《あんど》の色が浮かぶ。

「今の私は本間喜一郎です。今一度、晦まして頂きたい」

万次は何を言い出すのかと、涙に濡れた顔を上げた。喜八は笑みを崩さぬまま転がった風車を指差した。

「これを……娘の、お時の元へ晦ましては下さらぬか。二十両と少ししかございませんが……何卒お頼み申し上げます」

「分かった。請けてやる」

平九郎の話し振りは元の町人然としたものに戻っている。意識している訳ではないが、剣を交える時だけは己の中の武士の血が騒ぐようで、昔の口調に戻ってしまう。

「よかった……私はその辺りに捨て置いて下さい」

喜八は自らの供養《くよう》などは念頭に無い。ただ二度と会うことが叶《かな》わぬ妻と娘のことだけを想っているのだろう。

「万次さん、それを拾って貰《もら》えますか。血で汚れてしまう」

万次は顔をくしゃくしゃにしながら、風車を手に取った。

「もう少し上に……」

「こうか……？」

喜八はふうと息を吹きかけた。弱々しい息であるが、赤い風車はゆっくりと回る。

「すまない……」

喜八は遠くの家族に詫《わ》びて、もう一度息を吹きかけようとしたが、そこで肩を落として項垂《うなだ》れた。喜八の無念を聞き届けたか、一陣の風が吹き抜けて風車を回す。

嗚咽《おえつ》する万次の声にそっと寄り添うかのように、風車はからからと物哀しい音を奏《かな》でていた。

林間に分け入って万次と共に喜八を埋めた。鍬《くわ》や鋤《すき》の類《たぐい》は持ち合わせていないので、穴は浅く、こんもりと土を盛った簡素な墓である。

そこから府中まで行き、万次と別れた。別れ際に万次は改まった様子で、

「お利根のこと、よろしくお願い致します」

と、膝に付きそうなほど頭を下げていた。

平九郎は江戸へ引き返した。夜も歩みを止めずに急ぎに急いだ。喜八の勘働きではないが、妙な胸騒ぎを感じたのである。

三

平九郎が江戸に戻ったのは、喜八と刃を交えてから二日後の午《うま》の刻（昼十二時）であった。

落ち合う場所と決めている波積屋に入ると、茂吉《もきち》は夜の仕込みもせず、こちらに背を向けて腰を掛け、卓に肘《ひじ》を突いていた。

「茂吉、店はどうした？」

茂吉は振り返りながら、勢いよく立ち上がる。

「戻ったか！　平さん、大変だ」

非常な事態が出来《しゅったい》したらしい。茂吉はいつ平九郎が戻ってもよいように、波積屋を閉めて待っていたのだ。

「何があった」

「お利根が丑蔵一家に攫《さら》われた」

「何だと」

茂吉はこの数日に起こった出来事を一から説明した。

丑蔵は駕籠が出て丸一日経ったところで、上津屋に自ら踏み込んだ。しかし当然ながすでに万次も喜八もいない。陣吾にあしらわれて引き下がったという。

さらに一両日待ったが、宿場からもそれらしい者が現れたという報せは一向に無い。ここで二人に完全に逃げられたことを悟ったらしい。

だが丑蔵は諦めてはいなかった。万次、喜八に繋がる者はいないかと、草の根を分けるように捜し始めたというのである。

万次が孤児《みなしご》であったことは、拾って育てた丑蔵が誰よりも知っている。当初、丑蔵は喜八の縁者に絞って捜していたらしい。喜八は己の出自を誰にも語っていなかったようでかなり難航したが、子分の一人が肇屋という小料理屋に喜八が入っていくのを見たことを思い出した。

そこで肇屋に行くと、意外なことが分かった。喜八だけでなく、万次もそこの常連だったというのである。

——ここで算段してやがったか。

丑蔵は再び頭を擡《もた》げた怒りを抑えこむように、声を震わせていたらしい。

「丑蔵の奴、肇屋の主人を散々脅しやがったようです」

茂吉は口を歪《ゆが》めた。

「吐いたか」

「ええ。お利根が万次の女だと」

――あいつは俺と同じなのさ……。

万次が哀しそうに笑っていたのが印象的であった。

お利根は育ててくれた肇屋の主人や女将《おかみ》を、実の父母だと思うように努めていた。しかし歳を重ねるにつれ、お利根も朧気《おぼろげ》ながら解ってきた。自分は肇屋に儲《もう》けをもたらす駒の一つに過ぎないと。

幾度目かの逢瀬の時、お利根は万次の腕の中で啜《すす》り泣いたという。その時の万次は、己の過去を何もお利根に語っていなかったが、同じ境遇の者どうし感じるものがあったのかも知れない。そこから万次は、お利根の元に足繁《あししげ》く通うようになったのだ。

肇屋が丑蔵の脅しに容易《たやす》く屈したということは、お利根の思った通り、肇屋にとっては駒の域を出なかったのであろう。

「お利根はどこに？」

「一昨日、丑蔵一家に連れていかれました。これは赤也が後を尾《つ》けたので間違いありやせん」

赤也と七瀬が江戸に戻ったのも恐らく一昨日。江戸に着き次第、七瀬はすぐにお利根に接触するはずであったが、間に合わなかったということらしい。

赤也も見張りを再開するや否やの出来事になる。目の前で連れ去られたとしても、赤也には何も出来まい。

「今は二人とも浅草の丑蔵の家に張り付いていやす。平さんが戻れば報せてくれと」

茂吉は最後に付け加えた。

「二人から話を聞く」

身を翻《ひるがえ》しかけた平九郎の手を茂吉が摑んだ。

「丑蔵はなりふり構わずだ。金のばら撒《ま》き方は尋常じゃあない。そろそろ『炙《あぶ》り』に辿り着く頃かもしれねえ。奴に面の割れている平さんはここで待っていてくれ。あっしが呼んでくる」

「分かった。頼む」

茂吉は頷《うなず》くと小走りで出て行った。

がらんとした波積屋の中、平九郎は腰から刀を抜き取ると、小上がりに座って待った。大刀の鞘を払って目釘を丹念に改める。府中で一通りの手入れを済ませた脇差も同様である。

半刻（約一時間）以上待ったであろうか。跫音《あしおと》が近づいてくるのが聞こえ、やがて戸が開いた。

「平さん、聞いてくれたか」

真っ先に飛び込んできた赤也が言った。皆が一様に息を切らしていたが、特に五十を過ぎた茂吉は大層くたびれた様子であった。

「ああ、しくじった。先にお利根を晦ませるべきだった」

万次らの事態が切迫していたこと、丑蔵が肇屋の存在を知らなかったことで、そちらを優先したのが仇となった。

「お利根さんは丑蔵の塒《ねぐら》に……」

七瀬は顔を青く染めている。

「責めるつもりか」

拷問して万次の行方を聞き出そうとするに違いない。赤也が答える。

「まだだ。ようやく手に入れた手掛かりだ。丑蔵の野郎、相当慎重に事を運ぶつもりのようだ」

赤也の話に依れば、先ほど丑蔵の子分が小伝馬町《こでんまちょう》の牢屋敷に走っていったという。そこで役人を呼び出すと、近くの茶屋で談合していたらしい。

「牢問《ろうどい》役人か」

「そうさ。死なせたら困るってことだろう」

拷問といえば誰でも出来るものと素人ならば思うだろうが、実態は異なる。腕の良い者でなければ真意を聞き出せないどころか、責めの途中に相手を死なせてしまう。また相手が嘘をついて逃れようとするのを、的確に見抜く力も必要なのである。粗暴なだけのやくざ者にこれが務まる訳がない。

そこで丑蔵はまたもや袖《そで》の下を使い、拷問の玄人《くろうと》である牢問役人を呼ぼうとしているらしい。

「しかもあの初谷男吏《はつがやだんり》だ」

赤也は牢問役人の名をわざわざ付け加えた。それほど厄介《やっかい》な男である。

「よりによって男吏か……一晩ともたねえぞ。いつからだ」

「すぐそばで聞き耳を立てた。明日からで間違いねえ」

赤也が断定すると、今度は七瀬が口を開く。

「明日までに何か策を……」

「心配ない。俺が止める」

「それは……」

二人の声が重なった。茂吉も口を窄《すぼ》めこちらの顔を窺《うかが》っている。

平九郎はすぐに答えずに身を翻した。そして小上がりに置いてあった大小を腰に差し込むと、柄の鐺《こじり》を軽く叩き、冷たく呟いた。

「裏でいく」

四

丑蔵は上機嫌であった。散々に手を焼いたこの一件も、何とか次の取引までにかたが付きそうである。

「万次に女がいるんじゃねえかとは、薄々勘付いていたが……こうも運よく見つかるとはな」

丑蔵が盃《さかずき》を空《から》にすると、補佐役の要次郎《ようじろう》がすかさず酒を注ぐ。

「へえ。しかし……万次も物好きな男で」

要次郎は卑しい笑みを零した。

お利根は決して器量がよいとはいえない。その言葉には万次ほどの男ならば、もっと見目の良い女を作れるだろうという意味が含まれている。

「なに、あれはあれで中々男好きする顔だ」

丑蔵が笑うと、要次郎だけでなく他の子分もどっと沸いた。

「あとは口を割らせるだけですな」

「ああ。手頃な玄人を探していたが、あの『拷鬼《ごうき》』、初谷男吏が引き受けてくれたのは幸運だった」

初谷男吏は牢問役人である。牢屋敷を預かる石出《いしで》家が代々名を「帯刀《たてわき》」の名を襲名することに倣《なら》い、牢問役人の初谷家も東百官《あずまひやつかん》の名である「男吏」を受け継いでいる。初谷家は幕府の歴とした御家人の家柄であるが、牢問役人は不浄の賤職《せんしょく》とされており、世間からの視線は冷たい。

しかし当代の男吏はそのようなことを気に掛ける節は全く見られない。むしろ積極的に拷問を仕掛けている。それは己の仕事に誇りを持っているという類のものではなく、

――拷問が楽しくて仕様がない。

といったものであることを、裏の道を歩んでいる者は皆知っている。

寛保《かんぽう》二年（一七四二年）四月一日、公事方御定書《くじがたおさだめがき》が完成した。それにより拷問も制度化が行われ、笞打《むちうち》、石抱、海老責《えびぜめ》、釣責《つり》の四つのみが拷問の手法として許されることになった。

笞打・石抱・海老責は「牢問」と呼ばれ、初谷男吏のような牢問役人が担当した。牢問は牢屋敷内の穿鑿所《せんさくじょ》において行われ、まず後ろ手に縛って肩を打つ笞打、これ

で自白しなければ、裸で正座させ、その膝に重石を置く石抱が行われた。さらにこれにも耐えた強者《つわもの》には、首と両足首を縄で締め寄せ躰を海老のように曲げる海老責が行われる。

丑蔵が解説をしていると、子分の一人が口を開いた。

「海老責なんてそう耐えられやしない。よしんば耐えても次は釣責だ……大抵の者が音《ね》を上げちまう」

この者は丑蔵の元に来る以前、盗みにより拷問を受けた経験があるらしい。

子分の言うように、牢問で行われる三種の責めを経ても自白しない場合、釣責が行われる。これは牢屋敷内の拷問蔵において行われ、両手を後ろに縛り、躰を宙に釣り上げるものである。

両手を釣るだけならば、海老責のほうが辛いように思えるが、実際のところはそうではない。手だけで自重《じじゅう》を支えることになり、これにより数日のうちに手首が壊死《えし》してしまうのである。

「男吏は不満なのさ」

丑蔵は酒を呑み干し、熱い吐息を宙に浮かべた。

男吏は牢問役人であり、釣責には関われない。もっとも関われたとしても、変質的嗜好《しこう》の男吏はそれで満足することもなかろう。故に公事方御定書で認められていない拷問を秘密裏に行っているのだ。

両手首と両足首を纏《まと》めて吊り上げ、背中に石を載せて縄を捻《ひね》って回転させる駿河《するが》問い、仰向けに寝かせて縛り付け、顔に水を休みなく注ぐ水責め、剃刀《かみそり》で肌を切り、その上に塩を塗りつける塩責めなど、男吏は多種多様な拷問に手をだしている。

寛延《かんえん》元年（一七四八年）に、その昔江戸を荒らしていた千羽《せんば》一家という押し込みの一味の一人が、駿河で捕らわれて江戸に送られてきたことがある。

口を割らぬ男に対し、男吏は硫黄《いおう》を混ぜた熱湯を頭から少しずつ掛けるという、かつて切支丹《きりしたん》に行われた拷問を加え、話を聞き出した後、死に至らしめた。

牢屋敷を預かる立場である石出帯刀もこれを見過ごすことは出来ず、改善を命じたというが、男吏は、

「責めは人の闇を表すもの。法度《はっと》で縛ることなど出来ません。どうしても止めろというのならば私を捕らえればよろしい。さて、どのような責めを見せてくれるか楽しみで仕様が無い」

と、顔色一つ変えずに言い放ったものだから、石出は恐怖を感じて謹慎《きんしん》に処したこともある。

そのようなことから男吏は、暗黒街のならず者から「拷鬼」の名で恐れられているのである。

「男吏は生まれる場所を間違えた。ありゃあ、こっち側の男だ」

丑蔵はそう言いながら盃を置いた。

そろそろ眠ろうかと考えたのだ。ここのところ二人を追うことに奔走しており、碌《ろく》に眠っていない。欠伸《あくび》をして立ち上がろうとした時、表がにわかに騒がしくなった。

「何だ？」

丑蔵の塒《ねぐら》は、浅草で蠟燭《ろうそく》を商う大商人の邸宅だったものである。そこの一人息子を博打《ばくち》漬けにして、目も眩《くら》むほどに借金を膨《ふく》れ上がらせた上で、父親に返済を迫り、借金のかたに奪い取った。

もっとも表向きには今でも蠟燭の商いは続けている。これを隠れ蓑《みの》にすることで、丑蔵はさらに悪どいしのぎにも手を出すことが出来た。

そのような大きな邸宅であるから、武家のように表立った玄関は作れなくとも、土間は十分広く、夜でも常に見張りの者を置いている。

「見てきやす」

子分の一人が席を立ち障子を開けると、丁度土間で見張っていた子分が報告に来たところであった。

「何があった？」

丑蔵は腰を浮かせていた。脳裏《のうり》にあったのは金右衛門《きんえもん》のあの冷たい笑みである。取引まではまだ時間はあるはずだが、喜八が逃げたことを知り、問い詰めに来たのかもしれない。

「男が一人で来ました」

「男？　どんな奴だ」

「二本差しです。本人は浪人と言っています」

相貌《そうぼう》を詳しく訊いたが、どうやら金右衛門ではないらしい。とはいえ、まだ油断は出来ない。金右衛門が派した刺客かもしれないのである。そこまで慎重になるほど、丑蔵は金右衛門に得体の知れない恐怖を抱いている。

「何の用だ」

「それが……喜八の居所を知っていると。条件次第ではそこまで案内しても良いと言っているんでさ」

「馬鹿野郎。それを早く言え！」

子分の凡愚さには飽き飽きする。丑蔵は続けて命じた。

「嘘かも知れねえ。油断はするな。四、五人で囲みつつここまで連れて来るんだ。もし妙な動きを見せやがったら、遠慮なく刺し殺せ」

すでに立ち上がっていた子分の他に、数人が正面へと向かった。

――ますますついてきやがった。

丑蔵は眠気も忘れて、再び徳利に手を伸ばした。

喜八が肇屋に出入りしていたこと、万次の女がそこで働いていたこと、それらは今回のことがあるまで知らなかった。喜八に他に知人がいても何らおかしくはない。

五

丑蔵が暫く待っていると、前後を子分たちに挟まれた恰好で、一人の男が大広間に姿を現した。

なるほど、なかなか良い面構えである。歳は三十を少し過ぎたところか。しかし浪人暮らしが長いのであろうか、その顔には翳《かげ》が差しているように見える。確かに両刀を腰に差しているが、衣服は鶯色の木綿で高価なものではない。

「客人、刀を預かっても？」

丑蔵は胡坐《あぐら》を掻いたままぞんざいに訊いた。

「俺が喜八の居所を吐いたあと、殺さないという保証があるか？」

「なるほど。それもそうだ。用心深い男は嫌いじゃねえ」

馬鹿な子分ばかり見ているからか、このような狡知《こうち》に長けた男は嫌いではない。食い詰めているならば、喜八のことを喋らせた後、手許に置いてやっても良いなどと考えた。

「まあ、座りねえ」

これは丑蔵がよく遣う手である。武士というものは座る時、必ず大刀を腰から抜く。万が一乱闘に発展した時は、決められた子分が刀を蹴って遠くへやることになっている。

そんなことも知らずに、男はまんまと腰から大刀を引き抜いて、丑蔵の促すまま正面へと座った。

「要次郎、客人に酒を」

「結構だ。俺は初見の者に勧められた酒は呑まない」

「いい心がけだ。ますます気に入った」

丑蔵は膝を打った。喜八のことを売ろうとしているのだ。これくらい慎重なほうが、却《かえ》って信用出来るというものである。

「さて、話を聞こうか。喜八の居所をご存知とか」

丑蔵は身を乗り出して尋ねた。

「ああ、知っている」

「教えて下さるか」

「条件がある」

ただで教える酔狂な者がどこにいよう。これも自然なことである。

「金だな。幾ら欲しい。十両……いや二十両払ってもいい」

上津屋で陣吾に提示した額が五百両である。それに比べれば安すぎる買い物である。

「いや……」

男が断ろうとするのを敏感に察し、丑蔵はさらに額を吊り上げた。

「よし、俺も男だ。五十両出そうじゃねえか」

子分たちからも感嘆の声が上がった。五十両などという大金はなかなか手に出来るものではない。

「金は無用だ」

丑蔵の予想に反して男は意外にも喰いつかない。

「じゃあ、何が欲しい」

「お利根を返してくれ」

男がそう言うや否や、丑蔵は片膝を立て、どんと畳を踏み鳴らした。

「てめえ、万次の差し金か！」

子分たちも色めき立って、座したままの男を遠巻きに取り囲む。

「そう思って貰っても構わない。どうだ、返す気があるのか？」

男は表情を変えぬまま静かに言い放った。

「止めろ」

丑蔵は子分たちを制して少し下がらせた。

考え所である。男が喜八の居所を真に知っているのならば、悪い取引ではない。しかしこれで万次の行方は永遠に摑めないだろう。

喜八と万次、天秤に掛けたならば答えは簡単である。喜八は取引相手に顔を知られているが、万次はそうではない。万次が逃げたことは、あの者らにとっては何ら関係のないことである。

そこまで思考を巡らせて、丑蔵は重々しく言った。

「喜八の居所を知っているってのは、嘘じゃねえだろうな」

「間違いない。すでに江戸にはいない」

――やっぱりそうか。

丑蔵は唸《うな》った。どうやって宿場をすり抜けたかは解らないが、そうではなかろうかと感じていたのである。こうなればいよいよ捜すのは難しくなる。この取引の旨味が際立ってきた。ここは乗るべきであろう。

「よし。取引しよう」

「お利根を連れて来てもらおう」

「それは出来ねえ相談だ。喜八の居所を教えるのが先だ」

丑蔵はさらに次の一手を考えていた。実際のところ、先にお利根を連れてきてもよい。だがここは勿体《もったい》ぶったほうが、それらしいと考えたに過ぎない。

お利根と交換で、男に喜八の居所を吐かせる。しかし男もお利根もここから逃がしはしない。数を恃《たの》んで男を亡き者にするつもりである。

そして再度捕らえたお利根を縛り上げ、明日、男吏をもって万次の居場所を聞き出すという算段を立てた。

「無事を確かめねば、話すことは出来ん」

男としてもここが勝負所だろう。そう易々と引き下がるとは思えない。

「うむ……仕方ねえ。まずはお利根を連れて来い」

半歩だけ譲る形を取った。交渉とはこのように進めるものである。

暫《しば》くしてお利根が連れられてきた。両手は後ろで縛り上げており、口にも猿轡《さるぐつわ》を噛ませてある。

「ご覧の通り、縛っちゃいるが、まだ痛めつけてもいねえ」

丑蔵は手をお利根の方へ滑らせながら片笑《かたえ》んだ。

「縄を解き、引き渡して貰おう」

「おいおい、それは欲張り過ぎだぜ。縄を解いて万が一逃げられたら、お前さんが責を負ってくれるのかい？　猿轡はなおさらだ。取って叫ばれたなら、外に聞こえちまうだろう」

丑蔵は一気に捲《まく》し立てた。

「では、そのままでいい。引き渡してくれ。その後、喜八の居所を言う」

「だから――」

語気を強めようとしたが、男は覆《おお》いかぶせるように続ける。

「この人数だ。俺が話さなければ、取り囲んで奪えるだろう」

「それもそうか。おい、引き渡せ」

子分に押しやられたお利根は、男の膝に倒れ込むような恰好となった。

「さて、いよいよ話してくれるか？」

「まだだ。お利根だけ先に逃がす」

「抜け抜けと……」

流石に丑蔵も焦れ始めている。だがここで焦ったほうが負ける。それは上津屋での駕籠の一件でも大いに学んだことである。

「俺は残る。それでは不満か」

「ああ、不満だね」

「お利根を逃がして、居所を言わなかったらどうなる。俺は膾《なます》のようにされるだろう？　そこまでの義理があると思うか」

「待て」

丑蔵は掌《てのひら》を男に向け暫し考え込んだ。まず、

——この男は何者だ。

ということである。訊いたところで名乗らないだろう。よしんば名乗ったとしても変名を使い、出自も偽るに違いない。

男は万次に金で雇われた交渉役とみてよい。大金を受け取ってそのような交渉の名《みよう》代《だい》を請け負う者が、表裏いずれの世界にもいると聞いている。二人に持ち逃げされた

金は約百五十両、今の万次ならば雇うことも出来るはず。ならば雇われたであろうこの男は、金のためにここに来た訳で、万次のために命まで懸ける義理はないというのは嘘ではない。

「間を取ろう。お利根の縄を解き、そこの中庭まで行かせる」

男は縁側の先に広がる中庭をちらりと見た。商人の分際で庭を作ってはならぬというのは建前で、実際のところ庭師を雇って作庭する富商は多い。ここの前の持ち主である主人もその一人であった。

黙る丑蔵に向き直り、男は続けた。

「中庭ならば正面までの距離は半分。お利根がそこに着けば俺が話す。縄を解き、猿轡はそのままでよい。万が一、そちらが邪《よこしま》なことを考えたとしても、お利根だけは逃れられよう」

やはり素人ではない。これまで数多の場数を踏んできていると感じた。

――だが、甘《あめ》え。

丑蔵は内心ほくそ笑んでいた。

確かに中庭から正面までの距離は、ここからの半分ほどしかない。だがそこをお利根が走り抜けられるか。答えは否である。

先ほど正面に人を配した。目配せで男の背後に立つ要次郎に命じたのである。男は気付いていない。正面まで辿り着いたところで、お利根は逃れることは出来ないのだ。

「よし！　話は纏まった。お利根の縄を解いていいぜ」

「脇差を抜く」

男はわざわざ宣言した。用心深く他意はないことを示したのである。脇差を抜くと、縄に押し当てぎりぎりと鋸《のこぎり》を挽《ひ》くように断ち切った。その手際は、決して剣の達者とは思えなかったので、丑蔵はさらに安堵した。

「お利根、聞いていたな」

男は脇差を納めつつ尋ね、お利根はこくりと頷いた。

「万次が待っている。もう二度と江戸に戻れないが、それでも行《ゆ》くか」

お利根は目に涙を溜《た》め、先ほどよりも強く、大きく、凛然《りんぜん》と頷いた。

「よし。では中庭へ」

男は腕を摑んで立ち上がることを促し、お利根は中庭へと歩んでいく。憔悴《しょうすい》していたからか、お利根は脚がもつれて蹌踉《よろめ》いた。その様が可笑しくて、丑蔵は噴き出し、子分たちからも軽い嘲笑が起こる。

「解らねえだろうな。この美しさがよ」

男は急に伝法な口調になり、こめかみを指で掻いた。

丑蔵には何を言っているのか理解出来ない。またする気もない。お利根が裸足のまま中庭に降り立ち、塀《へい》際までふらふらと歩いていくのを注視していた。

「さて、ようやく喜八の居所が聞ける」

両膝に手を置いたままお利根を一瞥《いちべつ》して、男は言う。

「いいだろう」

「どこだ」

男は右手を静かに頭上へと運ぶと、不敵に笑った。

「あの世さ」

「てめえ！　ふざけるな‼」

丑蔵は頭を振り回すように叫ぶ。

「喜八は……死んだ」

「誰がそれを信じろと……おい！　お利根を――」

中庭に視線を走らせる。そこでようやく気が付いた。お利根の姿が無いのである。

代わりにいつの間にか竹梯子《たけばしご》が塀にたてかけられていた。

「晦ました」

「他に仲間がいやがったか……こいつをとっ捕まえろ！　男吏の餌食《えじき》にしてやる！」

子分たちがじりじりと囲みを縮める。

「お利根は中庭で待ち、俺は真実を語った。嘘じゃあない」

丑蔵が目で合図を送ると、子分の一人が走り込み、畳に置かれた大刀を蹴とばそうとする。その刹那《せつな》、男の左手が撥《は》ねるように動いた。子分は宙で回転し顔から畳に落ちて悶絶《もんぜつ》した。

皆が一様に息を呑む中、男は大刀を左手に、すっと煙が立ち上るかのように立ち上がった。

「帰る。刃向かうならば……あの世に晦め」

「やっちまえ‼」

二十人以上の子分たちが匕首《あいくち》を抜き、我先にと挙《こぞ》って襲いかかる。

大量の蠟燭により眩しいほど明るい室内に、光が煌《きら》めいた。丑蔵にはそのように見えたのである。畳を踏む音だけが鳴り響き、鉄の交わる音は聞こえない。

男はひらりひらりと花弁が舞うように、一所に止まらず白刃を振るい続けた。同時にあちらこちらで絶叫が上がり、畳の上に子分たちが転がっていく。頭を割られて絶命する者、腹を抱えて蹲《うずくま》る者、錯乱して落とされた腕を求める者、それはまさに阿鼻《あび》叫喚《きょうかん》の光景であった。

「伝七郎《でんしちろう》！」

丑蔵は脇に控える男を呼んだ。囲みに加わらぬのは、何も臆《おく》しているからではない。女に溺《おぼ》れて身を持ち崩した元御家人で、今は丑蔵の護衛を務めており、腕は一刀流《いっとうりゅう》の中皆伝《ちゅうかいでん》という達者である。武術そのものが好きらしく、方々の道場を見て回ったという自慢話を聞かされたこともある。

喜八の勘働きで未然に防ぐことが多くなったが、それまではこの伝七郎こそ手放せない男だった。

「なかなかに遣います」

「やれるか」

「目を慣らしているところ」

伝七郎は絶え間なく動きながら刀を振るう男を凝視していた。

「幾らでもいる。よく見ろ」

子分の代わりである。一人、また一人と斬られていくが気にも留めていない。肉の壁程度にしか思わなかった。この壁が尽きるまでに伝七郎が見極めれば十分である。

「抜き打ちは林崎新夢想流《はやしざきしんむそう》居合、剣は私と同じ一刀流……いや、直心影流か？」

伝七郎はぶつぶつと独り言《ご》ちている。

正面にいた要次郎が子分を連れて立ち戻ってきた。その手には皆、棒が握られている。一人が突き出したそれを、男は躰を開いて躱《かわ》し、むんずと摑んで奪い取った。目にも留まらぬ納刀《のうとう》を見せると、今度は棒を車輪の如く振り回し、一人の眉間を貫くように打った。

「宝蔵院《ほうぞういん》流まで……いや、種田《たねだ》流なのか」

男の背後から迫った子分は、その勢いのまま背負うように投げられて強《したた》かに踏みつけられて悶絶した。

「関口《せきぐち》流柔術だと――」

伝七郎を見れば、その顔は真っ青に染まっている。

男は動きを止めない。棒で脚を薙《な》ぎ払って転ばせるやそれを手放し、再び腰間《ようかん》から刀を抜き打った。匕首を握ったままの手は、椿《つばき》が落ちるように畳に吸い込まれる。

「穴澤《あなざわ》流薙刀術に……抜き打ちは違うのか……見たことが無い！」

「三日月《みかづき》藩、当要《とうよう》流」

伝七郎の叫びに、男はぼそりと答えてまた一人斬った。

「そんな馬鹿な……」

「伝七郎どうなんだ」

子分の数はみるみる減じ、今や半数ほどしかいない。丑蔵も流石に焦って腰を浮かせている。

「化物だ……何度人生を歩めばこれほどまでの技を……」

伝七郎は虚ろな目になっており、放心したかのようであった。

「お主らを駒としか思わぬ。そのような下衆《げす》のために命を捨てるか」

男は刀に血振りをくれると、周囲を睨《ね》めまわしながら言い放った。子分たちは足に根が生えたかのように動きを止める。

「何をしている！　やっちまえ！」

丑蔵は叫んだが、子分の誰もが蛇に睨《にら》まれた蛙と化していた。

「伝七郎、拾って贅沢をさせてやった恩を忘れたか！　五十両やる。斬れ！」

伝七郎ははっと我を取り戻して上段に構えると、悲鳴とも奇声ともつかぬ声を上げつつ向かった。

（一刀流には古流がよい）

横車《よこぐるま》に構えた男が低い声で言うのを、丑蔵の耳朶《じだ》は捉えていた。

伝七郎が振り下ろすより遥かに疾《はや》く、男の刀が駆け抜ける。すれ違った伝七郎は暫《しば》し固まっていた。口だけを残して。

「愛洲陰流《あいすかげ》……」

言うと同時に畳に勢いよく倒れ込んだ。畳は流れ出る血を吸うのが間に合わず、血溜りが静かに広がっていく。

わなわなと震えていた要次郎が、引き攣《つ》った声を発して身を翻したのを合図に、残りの子分たちも一斉に外に向けて逃げ出した。

「ま、待て！」

丑蔵は立ち上がって止めるが、誰一人として振り向かない。部屋の出口を奪い合うようにして逃げ去っていった。丑蔵はその場に立ち尽くした。頭が上手く回らない。己に死が忍び寄っていることだけは確かである。

六

「さて」

平九郎はゆっくりと振り返った。丑蔵は呆けたように立ち尽くしている。

これこそがくらまし屋の「裏」である。裏稼業の裏、即ち正道。正面から乗り込んで晦ますという力業《ちからわざ》で、これまで滅多に行ったことはない。しかし今回の場合は、残された時が少なく、これを採るほか道は無かった。

突如、丑蔵はどんと両膝を突いて頭を畳に擦り付けた。

「悪かった……俺が。もう追わねえ。だから見逃してくれ」

「万次と喜八に言ってやればよかったものを」

平九郎は苦笑すると、鞘の口を指で捩《ね》じるようにして拭った。戦いの最中、咄嗟《とっさ》に納刀してしまった。この鞘はもう使い物にならないだろう。

「あいつらのことも追わねえ……後生だ。頼む」

丑蔵は手を摺《す》り合わせて拝んでみせる。何も殺したいと思って剣を振るっているのではない。我が身に降りかかった火の粉を払っているに過ぎない。

ここで丑蔵を仕留めなければ、己にまた危害を加えようとするかもしれない。だが平九郎の頭には別の事柄が浮かんでいる。

——こいつは泳がせたほうがよい。

と、いうことである。

高額で人を買い漁る謎の一味。喜八にその話を聞いた時から、頭の片隅でずっと気に掛かっていた。平九郎が探し求めるもの、それの手掛かりがあるような気がしてならないのである。

「よかろう。まだ追うならば覚悟しろ」

平九郎は懐紙で頬を拭った。汚れぬように斬ったつもりであるが、そう上手くいくものではない。紙には赤い筋が伸びている。

——上手くやったようだ。

中庭に置き残された竹梯子を見た。

赤也と七瀬を外で待たせてあった。平九郎が注意を引き、塀を越してそっと竹梯子を入れるという段取りになっていたのである。もう上手く逃げ遂《おお》せただろうかと、そちらに気を取られており、背後の丑蔵の動きを見るのを怠《おこた》っていた。

「おいおい。言った矢先からそれかよ」

伝法な口調に戻っている。国元の言葉は江戸では通じにくい。江戸に出て真っ先にしたのは、方言を消すことであった。とはいえ付き合ったのは町人ばかりで、このような口調になってしまった。

「お前を逃がしたら……俺の面目が立たねえ」

丑蔵が構えていたのは短筒《たんづつ》。所謂《いわゆる》懐鉄砲である。脇に置いてあった箱の蓋《ふた》が開いている。そこから取り出したらしい。すでに火縄が挟んであり、蠟燭の火を用いて付けてある。

「よく手に入れたな。そんな代物をよ」

入鉄砲出女と謂い、江戸に持ち込まれる鉄砲と、江戸を出る女は特に取り締まりが厳しい。そのため女を晦ますのは一等大変なことであった。

「死にたくなけりゃ、二人の居所を吐け……」

「弾は入っているのか？」

「勿論、薬もな。こんなこともあろうと、いつでも撃てるようにしてあるんだよ」

薬とは火薬のことである。火縄から細い煙が立ち、こちらに向けて流れて来る。

「仕方ねえ。万次は掛川《かけがわ》にいる。宿の名は……」

話しかけつつ平九郎は丑蔵に向けて歩み出した。

「それ以上近づくな！」

「無理言うな。喉がひりついて大きな声が出やしねえ。近づかせてくれ。宿の名は人《ひと》見《み》屋。そこの二階、一番奥の部屋にいる。喜八は……」

淀みなく話すが当然嘘である。ただここまでくれば惜しいと思い、なかなかに引き金を引けるものではない。平九郎はなおも近づく。

「近づくなと言っているだろうが！　喜八はなんだって⁉」

「もうすぐ故郷《ふるさと》へ帰る」

平九郎はぽつんと言うや否や、左斜め前へと毬《まり》が弾むように飛んだ。銃口が追うより速く、今度は右に跳ねる。雷《いかずち》のように歪《いびつ》な軌道を描いて丑蔵へ迫った。

一発撃てば鉄砲は役に立たない。その虎の子を弾きかね、丑蔵は銃身を右往左往させる。

「く、来るな——」

三尺先の丑蔵の顔が醜《みにく》く歪んだ。銃口が戻るより速く、平九郎は火鋏《ひばさみ》の根本に左手の指を突き刺した。

「天山《てんざん》流砲術『搦《からめ》』」

丑蔵は破れかぶれになったか引き金を引くが、火鋏は指に固定されて動きはしない。平九郎は脇差を抜き放った。喜八の時と同様であるが、あの時よりも強く深い。そして返す刀で腹を突き通した。

丑蔵の躰から命が抜けていくのを感じ、重く寄り掛かってきた。平九郎はすうと身を引くと、顧みることなく歩み出す。そして二度と振り向くことはなかった。

七

三日後、平九郎は府中の宿場にいた。一人ではない。お利根を横に連れている。

待ち合わせていた宿の前で脚を止めると、お利根が尋ねてきた。

「ここに万次さんが？」

「ああ、あんな怖い目に遭《あ》わされたんだ。少し驚かせてやれ」

平九郎は白い歯を見せた。悪戯《いたずら》心がふと頭を擡げた。この点だけは子どもの頃、寺の和尚に「悪餓鬼」と呼ばれた時から、何も変わっていないのではないか。そんな一点でも変わっていないところがあるということに自分ながら安心する。

二階に上がり、万次がいるはずの部屋の障子の前に立った。

「万次、俺だ」

「旦那《だんな》――お利根は⁉」

寝そべっていたのだろう。飛び起きるような音がした。

「残念なことだ」

「そうか……仕方ねえよな……」

お利根は噴き出しそうなのを、口を押さえて耐えている。

「残念なことに、俺の心配は杞憂《きゆう》に終わったようだ。お前と共に生きるとさ」

「えっ――」

声を詰まらせた時、障子を一気に開け放つ。

万次は呆気に取られた顔でこちらを見ていたが、すぐにその目に涙の膜が張り始めた。

「万次さん」

お利根はにこりと笑って見せる。

「人が悪いぜ……旦那も、お利根も……」

万次は小刻みに肩を震わせ、袖でごしごしと目を拭った。

「悪い。存外骨が折れたから意地悪をしてみせた」

「くらまし……旦那にそんな餓鬼っぽいところがあるなんてな」

万次は意外そうにしている。

「昔はこんな男だった。その一点だけは俺は変わる訳にはいかねえのさ」

このように驚かすと、頬を膨らませて大いに笑ってくれた人のことを脳裏《のうり》に思い起こした。

「お利根、いいのかい？」

万次は恐る恐るといったように訊く。

「はい」

「貧乏させるかもしれねえぞ……」

「覚悟の上です」

「俺も気の短い男だ。いつかは怒鳴っちまうかもしれねえ」

「その時はまた晦まして貰います」

お利根はくすりと笑ったので、平九郎は窘《たしな》めた。

「掟の五つ目、依頼の後、そちらから会おうとせぬこと。と、申したはずだ」

「今回は万次さんのご依頼でしょう。私は『もの』として連れ去られただけ。私も一度は依頼してもよろしいでしょう？」

「屁理屈を申すな」

平九郎は鬢を掻きむしりながら笑った。お利根は、いや女は、このように逞《たくま》しい生き物なのだと改めて思った。この分だと二人はきっと支え合って生きていけるだろう。

「旦那、本当にありがとうございます」

万次は土下座して深々と頭を下げた。

「二人で仲良く過ごせよ」

「せめて……旦那のお名前だけでも。決して他言は致しません」

万次は熱っぽい目で見つめて来る。

「無用だ。くらまし屋、それでいい」

平九郎は首をちょいと傾けて続ける。

「これで万次の依頼は全て終わりだ。二度と会うことはないだろう」

「はい。どうぞ相方の依頼も……」

「言われるまでもない」

「これを」

万次は懐紙で何かを包んだものを差し出す。受け取って広げるとそこには二両の小判がある。

「どうぞ、喜八に」

「いいのか?」

これを差し引けば、万次の懐にはあと一両か二両しかないだろう。

「はい。あっしは命とこいつがあれば」

万次はお利根をちらりと見て笑った。

「お前はきっと生き直せるよ」

平九郎は言い残すと部屋を後にした。階段を下りている途中、お利根の泣き声が聞こえて来た。きっと万次はその肩を抱いてやっていることだろう。

宿を出ると春暁の風が頬を撫でる。平九郎はそれを思い切り吸い込みながら一歩踏み出した。

八

男吏は深淵に届くほどの深い溜息をついた。

「いつまでそうしている」

夜道を歩いていると、辻からふいに野良の仔猫が姿を見せた。この若者は、わあと喜びの声を上げて近づくと、先刻からずっと頭を撫でているのである。仔猫のほうもすっかり懐いているようで、ごろごろと喉を鳴らして尾を揺らしていた。

「男吏さん、もう少しだけ待って下さい」

「早くしてのけろ」

「いいでしょう？　どうせ明け方までには終わるんだから」

夜風が提灯《ちょうちん》の隙間に入り火を揺らす。男吏は消えないようにと提灯をそっと手で覆いつつ言った。

「そんなに気に入ったなら連れて帰ればよい」

「駄目ですよ。私は猫と暮らすとくしゃみが止まらない」

「では俺が引き取ってやる」

そんな気はさらさらないが、ともかくこの場を離れたくてそのように言った。

「それも駄目。男吏さんは虐《いじ》めるに決まっている」

「猫などに興味は無い。俺が惹かれるのは人だ」

男吏は冷たく言い放った。

牢問役人の家に生まれたことを、子どもの頃は呪《のろ》ったものである。近所で同じ武家の子どもが遊んでいても、決して仲間には入れてもらえなかった。

御家人とはいえ牢に携《たずさ》わる者は不浄とされ忌み嫌われる。牢屋敷の主たる石出家ですら旗本の家柄であるのに、御目見《おめみえ》以下の待遇に甘んじている。

十三歳で元服を果たし、初めて父に連れられて穿鑿所へ入った。その時の興奮は今も忘れられない。

肉に縄が軋《きし》む音、笞でささくれ立った皮、膝に載せる石のひんやりとした心地よい感触、そして脳天から零れ出ているのではないかというほどの叫び声、男吏にとってそれは蠱惑《こわく》的な魅力を放っており、己の中に牢問役人の血が流れていると実感したものである。

――もっと人を奏でたい。

その欲求は日に日に大きくなり、禁じられた拷問にも手を出した。上役の石出帯刀に叱責を受けたのは一度や二度ではない。蟄居《ちっきょ》を命じられたこともある。それでも男吏の滾《たぎ》りは収まることはなかった。

そんな男吏の元にある日、一人の男が現れた。鍛冶屋に面白いものを作らせようと向かっていた矢先である。すれ違い様、囁くようにこう言われたのだ。

――初谷男吏、もっと気儘《きまま》に人を鳴らしたくないか。

男吏は勢いよく振り返った。己の名、己の嗜好を知られていることに恐怖を抱くより、その言葉の表現に通ずるものを感じたのである。

「どなたで」

「そこの旅籠《はたご》へ上がろう」

菅笠を被っていて顔はよく見えない。男吏に恐れはなく、その心は激しく躍っていた。

こうして男吏は「一味」に加わった。

存分に己の才を試すことが出来、満たされた日々を送っている。ここでの拷問に比べれば、牢問などまるでお遊び、陳腐なものに思えて仕方ない。

「いい加減にしろ。惣一郎《そういちろう》」

男吏が吐き捨てる。

「ごめんね。男吏さんが急かすから行くよ」

惣一郎は困り顔で言い、すっくと立ちあがった。仔猫は哀し気に鳴きながらその脚に纏わりついている。

榊《さかき》惣一郎。男吏の半年後、一味に加わった若者である。歳は聞いてはいないが、まだ二十を少し出たばかりではないか。出逢った頃は前髪が取れたばかりの幼さがあった。

暗く言葉数の少ない一味の中にあって、惣一郎はいつも戯《おど》けたことばかりを言っており、異彩を放っている。そして時に男吏には理解出来ない行動を取る。

たった今も、煙草《たばこ》を三服は呑めるほどの間、野良猫を可愛がっていたのもそのようなことであった。

「さて、行きますか」

惣一郎は名残惜しそうに仔猫を見た。

「もう目と鼻の先だ」

男吏は早くも歩み始める。ここに留まっていれば、後ろ髪を引かれている惣一郎がまた猫を撫で始めかねない。

「何人くらいいるのでしょうね」

惣一郎は慌てて追いついて尋ねた。

「どうだろう。二十はいるのではないか。臆したか？」

「全く。男吏さんも手伝ってくれるのですか？」

「俺が剣に疎《うと》いことを知っているだろう」

「はい。下手くそですもんね」

「黙って歩け」

男吏は時に煩《わずら》わしくもあるが、この若者を嫌ってはいない。この若者の手並は、思わず惚れ惚れとしてしまうほど、

——美しい……。

のである。故に大抵のことは甘やかしてしまう。

「そこの蠟燭問屋だ」

「はいはい。では行ってきます」

惣一郎は手をひょいと上げると、散歩にでも行くかのように邸宅に入って行った。

この邸宅、表向きは蠟燭問屋であるが、実のところは浅草の丑蔵の本拠である。この丑蔵に一味の企ての片棒を担がせている。

しかし丑蔵はしくじった。一度だけ取引に連れて来た男に逃げられたのである。懸

命に追っていたようだが、その足取りは、杳《よう》として摑めていない。

逃げたもう一人の女を見つけたとかで、己が一味の一人だとも知らずに拷問をして欲しいと依頼してきたのだから笑い話にもならない。

男吏はすぐに上に報じ、上は即座に丑蔵を消すことを決めた。そしてあの惣一郎に白羽の矢が立ったという訳である。男吏は丑蔵を責め、他に隠していないことを確かめるように命じられ、共にここに来たという訳である。

「男吏さん、ちょっと」

何故か惣一郎が半身を見せて手招きしている。流石の惣一郎でもここまで早くかたが付くわけがない。訝しんでいると、惣一郎は中を一瞥して再度呼びかけて来た。

「大変なことになっています」

男吏はようやく邸宅へと踏み込んだ。土間には物が散乱している。

「静か……だな」

「そうなのです。誰もいません」

惣一郎が飄々《ひょうひょう》と答えたので、男吏は声を荒らげた。

「逃げたか！　お主がゆるゆると猫などを――」

指で片耳に蓋をし、顔を顰《しか》めながら惣一郎は言った。

「生きている者は、という意味です」

「何……」

男吏は履物もそのままに上がると、奥の大広間へと進んだ。

「これは……」

「吃驚《びっくり》するでしょう？」

大広間には噎《む》せ返るほどの悪臭が充満している。譬《たと》えるならば口に砂鉄を含んだ臭いに似ている。

まさに凄惨《せいさん》な光景であった。十人以上の亡骸《なきがら》が転がっているのである。どの者も血を流しており、畳を濡らしている。目標としていた丑蔵も、一番上座で丸まるように突っ伏して果てている。

「内輪揉めか……いや、違う。刀傷だ」

男吏は一人を足蹴にしてひっくり返し、目を細めて傷を改めた。

中には刀を持って息絶えている者もいるが、亡骸のほとんどが匕首を手にしている。

何者かが斬り伏せてこの場を立ち去ったと見た。

「丑蔵が追っていた男ではないか。取引の場に一度連れて来ただろう。名を確か……喜八という……」

今回、丑蔵を始末することを決めたきっかけになった男である。取引の場で男吏は一度見たことがあった。その時にはこの惣一郎も立ち会っており、

――男吏さん。あれは武士ですよ。しかもなかなかに遣う。

などと、言っていたことを思い出したのである。

惣一郎は別の遺体の前にちょこんと屈み、首を捻った。

「違うんじゃないかな」

「何故？」

「え、聞いてくれますか？　いつもなら煩《うるさ》い、黙れと……」

「早く言え」

苛立って舌打ちした。惣一郎はすっくと立ち上がると得意げに話し出す。

「まず一つ目。あの男は確かに遣うには遣うが、これほどのことをしてのけるほどじゃあない」

「そう言い切れる訳は？」

「あの男の腕は私より劣る。そして……こんなこと私以外にはなかなか出来るものじゃないですもの」

惣一郎はにこりと笑みを作って見せ、男吏は苦々しく笑った。

決して驕慢《きようまん》で言っているのではないだろう。この若者は立ち会う相手が絶望するほどの腕だということを知っている。

ある時、一味にとって邪魔な男が現れた。南町奉行所の同心である。

男は木場で夜に幽霊が出るとの噂を、何者かが荷抜きをしているのではないかと考え、上役の与力に相談したが笑って取り合ってもらえない。そこで男は単独で証拠を集めようと奔走し始めたのである。

一味は方々と繋がっている。その時も一味から大金を受け取っている目明しが報せて来た。これを重く見た上は同心の暗殺を企てた。

それを任されたのがこの惣一郎である。この時だけでなく一味が殺しを任せるのは、この若者以外に二人しかいない。

男吏はその時も見届け人として付いていった。相手の男は軽輩の身ではあるが、荒《あら》木《き》流の皆伝者ということで、男吏は些か心配していた。しかしその心配をよそに惣一郎は、

「いや楽しみだなあ。荒木流は斬ったことがない」

と、跳ねるような足取りであった。

実際、その心配は杞憂《きゆう》に終わった。

「同心の……名前は忘れたな。荒木流の方ですね。死んで下さい」

惣一郎はそう声を掛けて、わざわざ相手に刀を抜かせた。同心は気合いとともに稲妻のような唐竹割を放った。惣一郎はそれを鼻先一寸、いや一分《いちぶ》の距離で躱して右手を撥ね飛ばしたのである。

「止《とど》めをさせ……」

もう助からぬと悟ったのだろう。傷口を押さえて項垂《うなだ》れる同心を相手に、惣一郎はあり得ない行動を取った。自らの袖を刀で裂き、止血しようとしたのである。刀もすでに鞘に納めてしまっている。

「大丈夫。まだやれる、荒木流はこんなものじゃないでしょう？　左手だけでもう一度立ち会いましょう」

「何をしている」

茫然としていた男吏が訊いた。

「男《だん》……いや、おじさん。人をばらすのが得意なら、治し方も知っているでしょう？くっつけられませんか？」

「そんなこと出来るか。早くやれ」

「どうせこの人は死ぬ。血を流し過ぎだ。ならばもう一回やっとかないと勿体《もったい》ない」

惣一郎はそう言って満面の笑みを向けたものだから、流石の男吏も唾《つば》を呑んだ。

同心はこれらの隙をついて一矢報いようと、落ちた刀を残る左手で拾って斬り上げた。惣一郎は肩が地に擦れるほど身を低くして避けた。男吏にはそこまでしか解らない。乾いた音が鳴ったかと思うと、惣一郎の手にはいつの間にか刀が握られており、同心の首と躰が離れていたからである。

これらをこの目で見ているので、男吏は惣一郎の一つ目の予想を信じた。

「二つ目は？」

「これ、一人かな？　どうも何人かでやったような気がする。傷を見ると太刀筋が違うんです」

惣一郎は切り裂かれた衣服を指でなぞりながら言った。

「三つ目も聞いておく」

「怨恨から斬ったのではない」

「馬鹿な」

流石に惣一郎でもそこまでは解らないだろうと、男吏は鼻を鳴らした。

「男吏さんは人の心を知り尽くしていますよね？」

「無論」

男吏はむっとして睨みつけた。それに関しては相当自信がある。拷問とは躰を責めるだけではない。対象の心を責めることこそ真の玄人といえる。

「何か気付きませんか？　ほら、よく見て」

「なるほど……逃げた者がいるのだな」

血溜りが出来ているのに、そこに亡骸が無いところがある。つまり大怪我は負ったものの、止めは刺されず、意識を取り戻した後遁走《とんそう》したのであろう。

「それに燭台。こんなに沢山あるのに、一つも倒れていないなんておかしいじゃないですか」

確かにこれも訝《いぶか》しいことではある。惣一郎は複数での襲撃も考えられるといったが、そちら側と思《おぼ》しき遺体が一つもないのだ。これは予想に過ぎないが、丑蔵一家よりも多いということはあるまい。

このような場合、襲撃者は攪乱《かくらん》するため燭台を倒し、火事を引き起こそうとするのが常である。一方で守ろうとする側は我が屋敷なのだから、積極的に焼こうとする者は皆無である。また怨恨を持っていれば、全てを決してからでも屋敷を灰燼《かいじん》に帰そうとしてもおかしくはなかった。

「いずれにせよ、襲撃者は向かって来る者を待って順に斬った……これはかなり凄いことです」

「誰なのだ」

男吏は蠟燭が短くなり、火が激しく揺れる燭台を覗き込んだ。

「裏稼業の者でしょうね」

「近頃、噂に聞く『くらまし屋』か」

惣一郎は少し考え込んで首を横に振る。

「いや、奴が剣を遣うとは聞いたことがない。炙りのほうじゃないですか？」

「そのような者もいるらしいな。『炙り屋』か……ともかく手間が省けた」

「あーあ。詰まらない」

惣一郎は頭の後ろで腕を組んで拗《す》ねたように言った。

「早く帰るぞ」

朝になればこの惨劇に気付く者も必ず出てきて、奉行所に駆け込むだろう。丑蔵の死を見届けた今、一刻も早くここを離れるべきである。

「そこは、いずれ相まみえることもあろう……とか、かっこいい台詞を言うところでしょう？」

惣一郎は哀れな声で訴えかける。誰もこの若者が狂気の剣士などと思わないだろう。

男吏は呆れ交じりに言った。

「黙れ。だが、我ら『虚《うつろ》』は何者の邪魔も受けぬ」

提灯を手に廊下を歩み出す。惣一郎はそれそれなどと、軽い調子で戯けていた。

辺りに人気《ひとけ》がないことを確かめて屋敷を出た。先ほどまで見えていた繊月《せんげつ》も薄雲に遮《さえぎ》られている。

――いずれ相まみえる……か。

確かに、そのようなこともあるかもしれない。惣一郎が言ったからという訳ではないが、細い光に後ろから照らされ、茫《ぼう》と輝く雲を見上げてふとそう思った。

九

波積屋は今日も大いに賑わっている。新材木町界隈《かいわい》は頗《すこぶ》る景気が良く、今日も店の中は若い奉公人たちで満員であった。

平九郎は赤也と差し向かいで酒を呑んでいる。肴《さかな》は春大根の風呂吹きである。春大根は秋に種を撒《ま》き、越冬して収穫するので、冬大根に比べれば身も細く味も落ちる。それでも何故か大層旨く思えてしまう。日に日に暖かくなり、心も朗らかになる春に食すからかもしれない。

山椒を練った味噌で食べさせる店が多いが、波積屋では山椒の代わりに蒜《ひる》（にんにく）を使う。重労働を終えたあとの若者にはこちらのほうが人気を博し、波積屋の名物の一つに数えられていた。

「一件落着だな」

赤也は旨そうに酒を呑む。肌が透き通るように白いからか、頬が紅を差したようになっている。

「ああ。今回は綱渡りだった」

「勧《すす》めて悪かったね。『裏』は後味が……」

「いいさ。望んでしたことではないが、場合が場合だ。仕方ない」

平九郎は盃の酒にぼんやりと映る己の顔を見つめた。

殺したいなどとは思ったことはない。だが死ぬわけにはいかない。向かってくる者は、それが誰であろうとも斬るつもりでいる。

再会を誓って始めたこの稼業である。だが斬れば斬るほど遠のいていくような感覚に襲われる。たとえ見つけたとしてもその時の己は、昔の己とは別人になっているかもしれないという恐怖もある。故に努めて日々は惚《ほう》けて、あの日と変わらぬように生きようとしている。

「平さん、久しぶり。早かったのね」

七瀬が頼んでいた銚子を運んで来た。

「ああ。今日戻った」

「どうだった？」

「きちんと終わらせたさ」

「それはよかった」

七瀬は穏やかに微笑んだ。

「あれ？　酒のほかは頼んでねえはずだぜ」

赤也が目の前に置かれた小鉢を見ながら言った。

「これは大将から。ご苦労様って」

独活《うど》の和《あ》え物である。これもまた春にしか食せぬ逸品であろう。

「旨そうだ」

赤也はさっそく箸《はし》を取る。

「あんたじゃない。平さんに」

「いいじゃねえか。なあ、茂吉さん⁉」

呼びかけると、板場にいた茂吉が朗らかな笑みを見せて手を上げた。

「だってよ」

「もう」

七瀬は呆れて腰に手を置いた。

「さて、明日からは本業に精を出すか」

飴細工のことである。元はくらまし屋が本業であった。これのために江戸に出て来たのである。飴細工師は世を偽るために始めたに過ぎない。

しかし平九郎は存外これを気に入っている。喜んでくれるのは決まって子ども。彼らに触れていれば昔の己のままでいられるような気がしている。そのようなことから、今ではこちらを本業と呼ぶようになっていた。

「赤也、言ってないの？」

「あ、すまねえ。忘れていた」

独活を口に放り込む直前で赤也は固まる。

「全く……平さん、残念だけど、留守の間に飯田町田安稲荷に。詳しくは店を閉めた後に」

くらまし屋へ繋ぐ方法の一つに、飯田町田安稲荷にある、一対の石造りの狐の一方の足下に文を埋める、というものがある。これを指していると すぐに理解した。

「分かった」

表と裏、裏と表、人は物事をそのように分ける。果たしてそれは正しいのだろうか。裏が生まれるのは、どちらかを表と定めるからではないか。

まず人がそうである。如何《いか》な善人でも、己の守るべき者のためならば悪人になれる。喜八がそうであったように。それと同時に人を殺すのを何とも思わぬような悪人も、路傍に捨てられて雨に濡れる仔犬に餌をやることもある。

どちらが表で、どちらが裏ということはない。人とは善行と悪行、どちらもしてのける生き物ではないか。

「さて、どうする？」

赤也は箸を置いて卓に肘を突いた。

平九郎は再び盃に映る己を見た。表裏どちらでもよい。己は己に変わりは無かろう。そう思い極めると、世の清濁を併せ呑むように一気に酒を干した。

「まずは会おう」

終章

桜の蕾《つぼみ》もようやく膨《ふく》らみ始め、山々にも日に日に緑が戻っている。小諸《こもろ》の春はもうそこまで来ている。

――桜を見せてやりたい。

お千《せん》はそう願い、碌《ろく》に眠らずつきっきりで看病をしている。

佐久《さく》郡柏木《かしわぎ》村の郷士である実家に戻ったのはもう五年前のことである。己が病に臥《ふ》したことが全てのきっかけであった。

夫の本間喜一郎は五十石取り。家禄だけではとても医者にかかれない。その時のお千はとっくに死を覚悟していた。しかし心優しい夫は、

「何、心配するな。お主らは必ず私が守る」

と、額《ひたい》を摩《さす》ってくれた。

夫が去り状を残し、お家を出奔したのはその翌日のことであった。その他にもう一通文《ふみ》があった。そこには実家の義兄上《あにうえ》にはすでに諮《はか》っている。戻って養生せよと簡素

に書かれていた。

お千の兄は郷士の身である。小諸藩牧野《まきの》家には郷士と呼ばれる家が少なからずあったが、給人《きゆうにん》以上の待遇を受けている家は僅《わず》かに四家を数えるのみである。

そのうちの一家、小山《こやま》家の分家の、また分家というのがお千の実家であり、実際は百姓とそう変わらない暮らしを送っている。

兄はお千が嫁入りした後も気遣ってくれ、また夫とも大層仲が良かった。だからこそ決して家計は楽ではなかったが、出戻りのお千と、娘のお時を引き取ってくれた。

二月《ふたつき》に一度、文が来た。それでどうやら夫は江戸に出ていることを知った。そこには必ず金が同封されていた。

最初は一分、二分といった額であったが、一年もする頃には一両、三両と増え、多い時には十両近い金が入っていたこともあり、お千は瞠目《どうもく》してしまった。

この金でお千は医者にかかれるようになり、薬も惜しみなく使うことが出来た。兄にも二人の暮らしの掛かりを渡すことも叶ったのである。

自分が病床から起きられるようになったものの、今度は娘のお時が流行《はや》り病で臥せた。二月前のことである。

子どもである分だけ躰も弱いのか、己が罹《かか》ったよりも強い病なのか、医者の話では

助かる見込みは五分と言われている。何か少しでも助かる道はないかと訊《き》くと、

「まずは朝鮮人参でしょうな。他には長崎から来た南蛮渡来の良薬が江戸にはあると聞きます。だが……途方もなく高価な代物。とても……」

医者はそう言って言葉を濁した。

お千は夫に文を書いた。現状も勿論書き認《したた》めた上で、

——戻って来てほしい。

と頼んだ。もはや何十両などという大金などはどうにもならず、お時の生きる力に懸けるしかない。しかしそれでも万が一のことがあれば、夫には傍にいてやって欲しいと願っている。

——暫《しば》し待て。必ず帰る。

という返事を最後に、文は届いていない。その時は小判、一分金、小粒、合わせて四両と少しの金が包まれていた。こうしてお千は、夫の帰りを今日か明日かと待ち焦がれていた。

「母上……」

魘《うな》されていたお時が目を覚ました。

「どうしました。怖い夢を見ていましたか？　また母上が神様に退治をお願いしてき

ます」

躰が弱っていることが影響するのか、お時は毎日のように恐ろしい夢を見る。その度に近くの社《やしろ》に足を運び、せめて心励まされる夢を見せてやって欲しいと祈った。

「うん……でも大丈夫」

いつもならば参詣を願うお時であるが、今日は反応が異なった。

「どうして？　遠慮はいりませんよ」

「父上が助けて下さいました。えいっ……って」

「そうですか……それはよかったですね」

お千は微笑《ほほえ》みながら夫を想った。今どこで何をしているのだろうか。きっとあの人のことだから、薬代のために金策に奔走している気がする。

当座、十両もあれば薬は買える。とはいえ、いつ効き目が表れるかは解らず、二十両になるかもしれず、五十両を超えるかもしれない。それよりも今、娘の傍にいてやって欲しい。お千はそう考えていると目尻に涙が浮かんで来て立ち上がった。

「桜はまだかしら。外を見てきますね」

お千はそう言い表へと向かった。気弱になっている姿を娘には見せられない。

気丈さを取り戻そうと、外へ出ると天を見上げて深く息をした。ようやく気持ちが落ち着き、ふと縁に目をやると、そこに見慣れぬ包みが置かれていることに気が付いた。兄が置き忘れたものであろうか。そう思いながら、お千は包みを広げる。

「あぁ……」

声にならぬ声が零《こぼ》れた。

小判である。鮮やかな薄紅色の風車がそっと添えられている。お千は震える手で小判を数えた。二十二両もの大金である。

「旦那様‼」

お千は駆け出した。目指す場所はない。目指す人はいた。

「旦那様、旦那様――！」

気が狂《ふ》れたように叫び続ける。声が山間に響き、田畑を耕す百姓が何事かと振り返る。足がもつれて何度も転んだが、土に塗《まみ》れるのも気にせず、お千は走った。そして何度目かに転んだ時、お千はそこに突っ伏した。止めどなく涙が零れ落ち、土に歪《いびつ》な模様を描く。

「お千！　何があった⁉」

騒ぎを聞きつけたのだろう。兄が追いついてきて肩を抱いて起こした。

「旦那様が……」

「喜一郎が戻ったか！」

お千は頭を振った。夫はもうこの世の人ではない。夫婦であったからこそ、いや今でも夫婦であるからこそ、それが解るのである。夫はお時のため命を賭してあれほどの大金を作ったのではないか。お時が大好きな桜の色の風車を添えて。頭を横に振ったにもかかわらず、お千の口を衝いて出たのはそれとは正反対の言葉であった。

「はい……今しがた、戻られました」

お千の凛とした声は宙に浮かび、木々をさざめかす爽やかな風に乗って舞い上がっていく。どこか甘く優しい香りがしたような気がして、お千は路傍へと目をやった。野花が咲き、二匹の小さな蝶が踊っている。小諸の春はもうそこまで来ている。

解説

吉田伸子

浅草界隈《あさくさかいわい》を仕切っている香具師《やし》の元締め・丑蔵《うしぞう》の子分である万次《まんじ》は、倦《う》んでいた。身寄りのない幼い自分を拾って育ててくれた丑蔵に、恩義を感じ忠義を尽くしてきたものの、汚れ仕事——泣く子の目の前で父親を半殺しの目に遭わせたり、身元のわからない死体を海に沈めたり、自ら人を殺めることさえも——にほとほと嫌気がさしたのだ。万次は足抜けを密かに決意する。

同じく丑蔵の子分となってまだ五年ではあるものの、危険を察する直感力を認められ、万次同様に丑蔵から厚い信頼を得ていた喜八《きはち》もまた、ある理由から足を洗いたいと思っていた。丑蔵の子分として働いていた時にはさほど親しい交わりのなかった二人は、「足抜け」という共通の目的のために手を組む。二人の計画はこうだ。二日がかりの集金を一日で済ませた後、その金を持って逃げる——。

しかし、相手は海千山千の丑蔵だ。二人の策略を見抜いた丑蔵は人手も金もつぎ込んで、二人を追いこむ。困った二人は、丑蔵のライバル的な存在の、香具師の大親分・高輪《たかなわ》の禄兵衛《ろくべえ》の元に、丑蔵の稼業の内情を手土産《てみやげ》に逃げ込むも、丑蔵は諦めず、執拗《しつよう》に張り込みを続ける。二人を匿って二十日を過ぎようとするころ、ついに禄兵衛が音をあげ、二人に出て行ってくれ、と頼む。無体な、とすがる二人に、禄兵衛は「いい人を紹介してあげましょう」と。

その「いい人」こそが、本書の主人公であり、裏の世界では「くらまし屋」と呼ばれている堤平九郎《つつみへいくろう》だ。「くらまし屋」の稼業は、文字通り、依頼を受け、依頼人の姿を「くらます」こと。様々な事情から、今の自分の姿を消し、新しい地で新しい姿で人生をやり直したいと願う依頼人の望みを叶えること。平九郎は、この「くらまし屋」のチーフのような役割を果たしており――普段は飴細工師として浅草界隈に露店を出したり、江戸市中を流している――、他には、「波積屋《はづみや》」という居酒屋で給仕として働く七瀬《ななせ》、「波積屋」の常連で、役者のような美男子の赤也《あかや》、の二人がいる。「波積屋」は、「くらまし屋」の作戦ベースのような場所でもある。

平九郎は武術、七瀬は頭脳、赤也は変装の名人（自分が化けるのも、他人を化けさせるのも）、とそれぞれに強みがあり、それがチームで生かされている。丑蔵が金に飽かせて人海戦術をとったため、万次と喜八が匿われている上津屋《こうづ》からは、蟻の子一匹抜け出せない状況にある中、「くらまし屋」の三人がどんな作戦で二人を晦《くら》ますことができるのか、が本書の読みどころだ。

シリーズとして始動した第一巻であるため、本書には主要人物たちの「顔見せ」的な要素も大きい。なかでも主人公である平九郎は元武士であり、どうやら密かな目的があり、飴細工師の顔も、「くらまし屋」としての顔さえも、彼の「真の顔」ではないことは薄っすらと伝わってくる。ただ、それ以上はまだ明かされておらず、そちらの興味もあとを引くのだが、何と言っても注目すべきは平九郎の剣の腕、である。

本書でも二度ほど、その腕前は披露されているのだが、何しろ滅法強い。しかも、一つの流派だけではなく、多種多様な流派、それは剣術だけに限らず、薙刀も柔術も極めている、という、何ですかその超人っぷりは！　というほどの達人なのである。それは、平九郎が師から教わった「井蛙流《せいあ》」――戦いの最中でも人の技を盗み、即座に体現する――に依るものなのだが、平九郎の体には「数多《あまた》の流派が宿っている」のだ。平九郎が相手に剣を向けて言い放つ「あの世に晦め」は、シリーズを通じての決め台詞だろう。

「顔見せ」といえば、実は丑蔵が万次と喜八の足抜けに異常なまでに拘《こだわ》った裏には、万次はさておき、喜八だけは何としてでも逃がせない事情があり、それは恐らくは本シリーズの根幹（＝平九郎の目的）と関わってきそうなものでもある。丑蔵が恐れるほどの、さらなる極悪人の姿は、まだシルエットとしてしか見えないのだが、本書のラスト、その巨悪チームのうち、実に個性的な二人がちらりと出てくる。

一人は、丑蔵が、万次の居場所を吐かせるために、万次の女であるお利根《とね》を攫《さら》い、彼女の拷問役を恃《たの》んだ牢問役人《ろうどい》・初谷男吏《はつがやだんり》。この男吏、生来のサディストとして描かれており、その不気味さと相まって、以後のシリーズでも強烈な敵役として脇を固めそうだ。

もう一人は、榊惣一郎《さかきそういちろう》。男吏の半年後に一味に加わった、という設定の二十歳そこそこぐらいの若者で、男吏が惚れ惚れとしてしまうほど「美しい」剣の遣い手だ。陰性な一味の中にあって、戯けた事ばかり口にする陽性なキャラではあるが、どこかぶっ飛んでいて、映画版「るろうに剣心」で、神木隆之介《かみきりゅうのすけ》くん演じる瀬田宗次郎《せたそうじろう》が、かなり近い線だと思う。

作者の今村翔吾さんは、第十九回伊豆文学賞、第二十三回九州さが大衆文学賞・笹沢左保賞を受賞された方で、２０１７年、『火喰鳥《ひくいどり》　羽州ぼろ鳶《とび》組』でデビューされた。羽州ぼろ鳶組は、第五作めの『菩薩花《ぼさつばな》』が刊行されている人気シリーズでもあり、今村さんの名前を知らしめたシリーズでもある。

このシリーズは「武家火消」を描いたもので、そもそもの江戸火消の世界が、こんなにも複雑なものだったのか、という新鮮な驚きがあった。同時に、松永源吾《まつながげんご》を始めとする登場人物たちのキャラクター造形が実に巧みであり、ちょっと新人離れしたデビュー作でもあった。

今村さんは本年度、第十回角川春樹小説賞を受賞されたのだが、選考委員が満場一致したというその受賞作『童神《どうしん》』（『童の神《わらべ》』と改題）の刊行も、今秋に控えている。何しろ、北方謙三《きたかたけんぞう》氏、今野敏《こんのびん》氏、という、当代きってのエンターテインメント作家である二人が絶賛した、というのだから、内容に間違いはないだろう。伝え聞くところによれば、北方氏の『水滸伝《すいこでん》』を彷彿《ほうふつ》とさせる、壮大で骨太な作品らしい。こちらも刊行が楽しみである。

新刊の刊行といえば、羽州ぼろ鳶組シリーズの刊行ペースからもうかがえるのだが、今村さんはいわゆる多作型の作家だ。いいぞ、いいぞ、これからもどんどん書きに書いていって欲しい、と思う。なぜなら、文学賞の受賞は、あくまでもスタートであって、ゴールではないからだ。そこを起点として、書き続けることで「作家」になるのだ。書いて、書いて、さらに書く。ただただひたすらに物語を紡ぎ続ける者だけが、「作家」であり続けることができるのだ。

本シリーズがどんなものになっていくのか、本書の続刊はもちろんだが、今村さんがこれからどんな新たな物語を書いていくのか、どんな地平へと読み手を誘《いざな》ってくれるのか、わくわくしながら見守っていきたい。

（よしだ・のぶこ／書評家）

本書は、ハルキ文庫（時代小説文庫）の書き下ろし作品です。

時代小説文庫
い24-1

くらまし屋稼業《やかぎょう》

著者　今村翔吾《いまむらしょうご》

2018年7月18日第 一 刷発行
2025年4月18日第十六刷発行

発行者　角川春樹

発行所　株式会社 角川春樹事務所
〒102-0074 東京都千代田区九段南2-1-30 イタリア文化会館

電話　03(3263)5247［編集］　03(3263)5881［営業］

印刷・製本　中央精版印刷株式会社

フォーマット・デザイン＆シンボルマーク　芦澤泰偉

本書の無断複製(コピー、スキャン、デジタル化等)並びに無断複製物の譲渡及び配信は、著作権法上での例外を除き禁じられています。また、本書を代行業者等の第三者に依頼して複製する行為は、たとえ個人や家庭内の利用であっても一切認められておりません。定価はカバーに表示してあります。落丁・乱丁はお取り替えいたします。

ISBN978-4-7584-4180-3 C0193 ©2018 Shogo Imamura Printed in Japan

http://www.kadokawaharuki.co.jp/［営業］
fanmail@kadokawaharuki.co.jp［編集］　ご意見・ご感想をお寄せください。

今村翔吾の本

春はまだか
くらまし屋稼業

日本橋「菖蒲屋《あやめ》」に奉公しているお春は、お店《たな》の土蔵にひとり閉じ込められていた。武州多摩にいる重篤の母に一目会いたいとお店を飛び出したのだが、飯田町で男たちに捕まり、連れ戻されたのだ。逃げている途中で風太という飛脚に出会い、追手に捕まる前に「田《た》安稲荷《やすいなり》」に、この紙を埋めれば必ず逃がしてくれる、と告げられるが……ニューヒーロー・くらまし屋が依頼人のために命をかける、疾風怒濤のエンターテインメント時代小説、連続刊行、第２弾！

ハルキ文庫